KB253232

오직 하나의 독일을
화해와 통합의 작가 토마스 만

●

이 덕 형

인문교양총서 002

오직 하나의 독일을

화해와 통합의 작가 토마스 만

이덕형 지음

역락

부끄러운 이야기지만 대학초년생 시절에야 비로소 '독일문학개론'인가 하는 교양과목을 통해 처음으로 토마스 만과 그의 작품 『토니오 크뢰거』, 『마의 산』을 접했다. 그런데 '토니오 크뢰거'라는 소설 제목이 '토니오 크래커'로 들리면서 무슨 과자 이름을 연상케 했기 때문에, 한동안 속으로 '흠, 토마스 만은 마의 산에 올라가 토니오 크래커를 먹은 작가라고 알고 있으면 되겠군'이라고 생각한 적이 있다. 나중에 독일 어느 도시에서 '크뢰거(Kröger)'라는 큼지막한 글자의 가구회사 광고를 보고 옛날 생각에 혼자 실소를 금치 못했던 기억이 난다.

"가장 많이 사랑하는 자는 패배자이기 때문에 괴로워할 수밖에 없다." 『토니오 크뢰거』에 나오는 구절이다. 소설의 무대인 작가의 고향 도시 뤼베크의 우중충한 회색빛 날씨와 함께 대학초년생이었던 저자의 가슴에 가장 와 닿았던 구절이기도 하다. 작품을 처음 접한 지 수십 년 만에 직접 가본 뤼베크의 날씨는 정말 소설에 묘사된 그대로였다. 저자는 2001·2002년 독일학술교류처(DAAD) 초청에 힘입어 독일 마부르크 대학에 체재한 바 있는데, 그때 부지런을 떨며 청강했던 적지 않은 독문학 세미나 중에서 가장 흥미진진했던 강의가 '토마스 만 중급세미나'였다. 겨울학기가 끝날 무렵인 2002년 1월말 이 세미나가 기획한 뤼베크 1박 2일 여행에 저자도 함께했다. 때마침 겨울이었는데, 소설의 서두에 나오는 것처럼 짙은 회색의 두터운 구름이 낮게 깔린 뤼베크의 하늘은 곧 진눈깨비를 흩뿌릴 기세였고, 발트해에서 불어왔을 매서운 바람이 세차게 몰아치고 있었다. 금방이라도 소년 토니오가 책가방을 메고 뛰어나올 듯한 시내 골목길 구석구석을 토마스 만 기념관('부덴브로크하우스') 관장의 실감나는 해설을 들으며 일행과 함께 이곳저곳 기웃거리던 모습이 아직도 눈에 선하다. 황량함의 미랄까, 저자의 아련한 기억 속에 뤼베크는 회색빛 황량함으로 남아 있다.

흔히들 독일소설은 어렵고 소설적 재미가 덜하다고 말한다. 독일인들조차 고전의 반열에 오른 자기네 소설을 '문화숙제(cultural task)'하듯 읽는다는 말이 있을 정도이니 무리가 아니다. 분명히 독일소설에는 우리에게 잘 알려진 영국이나 프랑스, 러시아의 명작소설들만큼 등장인물들의 삶에 대한 집착과

생동감 혹은 넘쳐흐르는 충일감이 결여되어 있는 것이 사실이다. 적어도 제인 에어가 커튼 뒤에 서서 안개 낀 마을과 창유리를 때리는 빗방울을 응시하면서 느끼는 생생한 전율감 같은 것을 독일소설에서는 기대할 수가 없는 것이다. 그 대신 독일소설에는 인간 삶의 본질에 대한 깊은 성찰이 들어 있다. 청년기 지성의 성장이 이루어지는 과정과 세계, 누구나 기나긴 삶의 모퉁이를 돌 때마다 마주치게 되는 보편적인 문제들을 독일 작가들은 누구보다도 예민하게 포착하여 형상화해낸다. 이 책이 다룰 토마스 만의 문학세계가 바로 그렇다. 그가 작가로서 평생 천착했던 삶과 예술(『토니오 크뢰거』), 생명과 죽음(『마의 산』), 선과 악(『파우스트 박사』)의 대립명제는 누구나 살아가면서 한번쯤은 심각하게 겪게 되는 삶의 보편적인 문제들이다. 토마스 만은 이러한 삶의 보편적인 문제들을 소설을 통해 역사적·철학적으로 성찰하고 있는 것이다.

이렇게 문학·역사·철학을 아우르는 토마스 만의 소설을 읽는다는 것은 어쩌면 인문학 공부가 그렇듯이 밑 빠진 독에 물 붓기일는지도 모른다. 그러나 밑 빠진 독이라고 해도, 땅

속으로 스며든 물이 어디 딴 데 갈 리가 없다. 비유컨대 황하(黃河)의 기원에 대한 한나라 장건의 장대한 시적 구상이 그러하다. 하늘에서 곤륜산을 타고 흘러내린 차가운 물이 사막 한가운데 몇 천리 잠류(潛流)하여 없어진 듯하지만, 마침내 황하 9,000리의 대역사를 이루고야 만다는 것이다.[*] 깊이 있는 생각, 독창적인 콘텐츠, 훌륭한 글은 이 몇 천리의 잠류처럼 깊고 풍부한 독서에서 나온다고 본다. 그것이 토마스 만 문학을 비롯한 독일소설을 읽는 기쁨이고 보람이다. 이제 독자 여러분들은 독일소설의 세계로 들어가 봄이 어떨는지! 아니, 본격적으로 독일소설의 대하 속으로 잠류하기 전에, 옛날에 저자가 그랬듯이 먼저 파우스트 박사와 함께 마의 산에 올라가 토니오 크래커를 한번 먹어보는 것이 어떨는지!

2011년 2월

경북대 복현골에서 저자 이덕형

---

[*] 조선일보, "밑빠진 독, 인문학"(2006. 10. 10) 참조.

차례

독일에 대한 고뇌

20세기의 '가장 독일적인' 작가로 꼽히는 소설가 토마스 만 (Thomas Mann, 1875~1955). 그는 히틀러가 정권을 잡은 1933년 독일을 떠나 1938년 미국에 망명했다. 그 뒤 망명생활 중 일기초와 성찰을 담은 책을 집필하였고, 그 책의 제목을 『독일에 대한 고뇌』라고 하였다. 그러나 조국에 대한 고뇌가 너무 컸던 탓이었을까, 1945년 세계대전이 끝나 마침내 독일이 나치의 손아귀에서 벗어난 뒤에도 그는 조국으로 돌아가지 않았다. 같은 해 9월 「나는 왜 독일로 돌아가지 않는가?」라는 제목의 공개서한에서 그는 나치 시절 독일에서 출판된 책들을 겨냥한 다음과 같은 엄혹한 판결을 통해 파시즘 독재에 대한 극단적인 혐오감을 밝히고 있다.

편견일 수도 있겠지만, 제 생각에는 1933년부터 1945년까지 독일에서 출판된 책들은 읽어볼 가치는커녕 손에 잡는 것조차 불쾌합니다. 피와 수치심의 냄새를 풍기는 그런 책들은 모조리 폐기처분되어야 할 것입니다.

나치 독일에 남은 이른바 '국내망명' 작가들에 대한 준엄한 판결이었다. 그러나 그들에 대한 토마스 만의 태도는 비판 일변도만은 아니었다. 공개서한보다 1년여 전인 1936년 2월 3일자 스위스의 한 신문 기고문에서 그는 독일을 떠난 망명 작가들에게 "집에 남고 싶었거나 남을 수밖에 없었던 사람들을 너무 무차별적으로 경멸하지 말 것"을 호소하고 있기 때문이다. 역사의 아이러니겠지만, 성격이 서로 상반된 토마스 만의 이 두 종류의 발언은 1990년 동·서독 통일 당시 '크리스타 볼프 논쟁'의 소용돌이 속에서 인구에 널리 회자된 바 있다. 서독에 의한 동독의 흡수통일이 거의 굳어졌던 1990년 6월, 그때까지 전(全)독일적인 작가로 동·서독을 통틀어 추앙을 받아오던 동독의 여류작가 크리스타 볼프(Christa Wolf, 1929~)가 끝까지 동독에 남아 사회주의 유토피아에 충실했다는 이유로 서독 문학(비평)계에서 때아닌 비판의 도마 위에 오른다.[1] 이때 크리스타 볼프 같이 사회주의 동독을 떠나지 않은 작가들에 대한 비판과 옹호의 근거로서 각각 자주 인용된 것이 바로 성격이 서로

---

[1] 1990년 독일 통일공간에서의 크리스타 볼프 논쟁에 대해서는 토마스 안츠, 이덕형 외 옮김, 『통일독일 문학논쟁, 문제는 크리스타 볼프가 아니다』, 경북대학교출판부 2004 참조.

반대되는 토마스 만의 발언이었다.

그러나 엄밀한 의미에서 토마스 만이 괴테로 대표되는 독일 인문주의 전통의 적자로서 20세기의 가장 독일적인 작가로 불릴 수 있었던 것은 전체주의 독재에 대한 그의 단호한 태도 때문만은 아니었다. 그는 나치라는 악마와 계약을 체결한 조국 독일의 사악한 면까지도 자기의 것으로 감싸 안아야 한다는 내면의 명령에 누구보다도 충실했다. 나치 독일을 혹독하게 비판한 위의 공개서한에서 그는 계속해서 이렇게 쓰고 있다.

제가 말씀드리고자 하는 것은 나치즘과의 관계가 아니라 궁극적으로 나치즘에 귀속되어 악마와 계약을 체결한 독일과의 연대감입니다. 악마와의 계약은 오랫동안 독일에 깊숙이 내재해 있던 하나의 욕망이었습니다. 그러나 독일의 현재가 아무리 절망적이고 희망이 산산조각 난 것처럼 보일지라도 저는 독일의 미래를 믿습니다. 이제 더이상 독일사의 종말을 이야기하지 맙시다! 독일은 히틀러의 이름을 가진 잠시 동안의 어둠의 시기와 동일하지 않습니다. 바야흐로 독일은 새로운 형태로 더 많은 행복과 순수한 가치를 약속할 새로운 삶의 영역으로 넘어가려 하고 있습니다.

그런가 하면, 나중에 자세히 이야기하겠지만, 이 공개서한을 쓰기 직전 미 의회도서관에서 행한 「독일과 독일인」이라는 강연에서는 다음과 같이 '악한 독일'과 '선한 독일'을 구별하기를 거부한다.

독일의 역사는 우리의 마음속에 중요한 한 가지 사실을 끌어다 줄 수 있습니다. 악한 독일과 선한 독일이라는 두 개의 독일이 아니라 오직 하나의 독일만이 있다는 것, 그리고 이 하나의 독일이 지닌 최선의 것이 악마의 책략으로 인해 악한 것으로 되어 버렸다는 사실 말입니다.

우리는 이 두 얼굴의 독일을 함께 아우르고자 했던 작가 토마스 만의 포용력 넘치는 넉넉한 시선에 주목하고자 한다. 이 책은 아직도 해묵은 분단과 냉전 논리에 갇혀 있을지도 모르는 우리가 어쩌면 토마스 만의 이러한 크고 넉넉한 시선으로부터 희망 섞인 화해와 통합의 메시지를 전해 받을 수 있지 않을까 하는 기대 하에 구상되었다. 그에 따라 이 책은 크게 진정한 화해와 통합을 향한 토마스 만의 인문주의 정신에 관심의 초점을 맞추는 한편, 독일적 이원성(二元性, Dualismus)이라는 이름의 뿌리 깊은 분열과 갈등을 소설문학을 통해 극복해 가는 작가의 고난에 찬 긴 여정을 함께 따라가 보기로 하겠다.

'삶을 위해 삶을 살아가는' 열정의 결여

토마스 만은 1929년도 노벨문학상의 사실상의 수상작인 『마의 산』(Der Zauberberg, 1924)에서 클라우디아 쇼샤라는 매력적인 이름의 한 러시아 여성 등장인물의 입을 통해 독일과 독일인에 대해 매우 흥미로운 진단을 한 적이 있다. 이는 자기 자신을 포함한 독일인 일반에 대한 작가 토마스 만의 솔직한 자기 비판으로 읽혀진다. 쇼샤 부인은 이 작품의 주인공 한스 카스토르프(Hans Castorp)와 그의 사촌 요아힘 침센에 빗대어 독일 사람들이 자유보다 질서를 좋아하는 소시민이며, 이는 전(全)유럽적인 정평이라고 말한다. 쇼샤 부인의 이 말에 카스토르프가 자기는 차가운 정열의 소유자라고 할 수는 있어도 결코 열정적인 인간은 못된다고 했을 때, 그녀는 독일인의 성격을 나름대로 다음과 같이 분석한다.

당신이 정열적인 사람이 아니라는 말을 들으니 정말 안심이 되는군요. 정말이지 당신은 정열적일 리가 없어요. 만약 당신이 정열적이라면 독일 사람답지 않다는 결론이 나올 테니까요. 정열이라는 것은 삶 자체를 위해 삶을 살아가는 것인데, 당신네 독일 사람들은 오로지 경험하기 위해 삶을 살아갑니다. 이건 널리 알려져 있는 사실이에요. 정열이란 자기 자신을 망각하는 것입니다. 그런데도 당신네들은 자신을 풍요롭게 해 주는 것만을 첫째로 여기고 있어요. 그래요, 그것은 아주 비열한 이기주의입니다. 당신네들은 그 때문에 언젠가는 인류의 적이 될지도 모른다는 것을 전혀 느끼지 못하고 있어요.[2]

비록 허구적 상황에서이긴 하지만 독일인들이 언젠가는 인류의 적이 될지도 모른다는 쇼샤 부인의 당혹스러운 지적은 이 작품이 나온 지 불과 십 수 년 만에 현실로 나타났다. 그럼에도 그들은 그러한 위험을 '전혀 느끼지 못하고' 있었다. 그

---

[2] 독일인 일반의 성격에 대한 이러한 류의 진단은 이 책이 다룰 토마스 만의 또 다른 대작 『파우스트 박사』(1949)에 나오는 악마와의 대화에서도 읽을 수 있다. 이 대화에서 현대판 파우스트인 주인공 아드리안 레버퀸을 찾아온 악마는 24년간의 계약을 제안하면서 이렇게 말한다. "정말 천재적이야. 우리가 불기운을 조금만 넣어주면, 아주 조금만 데워주면 곧 활기를 띠고 몰입하게 되어 있지. 거기서 찬란한 결과가 나오게 되어 있어. 비스마르크가 이와 비슷한 말을 했지? 독일 사람은 타고난 절정에 도달하기 위해 샴페인 반병이 필요하다고. 분명 그런 말을 했을 거야. 맞는 말이지. 독일 사람은 재능이 있지만 마비되어 있어. 자기가 마비되어 있다는 사실에 분개하고, 엄청난 계발을 통해 마비를 극복할 만큼 충분한 재능이야. 친구야, 넌 네게 무엇이 부족한지 알고 있었어. 그래서 아주 교묘하게 여행길에 올랐고, 미안하지만 매독을 얻었어."

것은 우연이었을까? 아니면 그녀의 말대로 그들의 '비열한 이기주의'의 소산이었을까? 쇼샤 부인의 입을 빌려 작가 토마스 만이 독일적 비극의 한 원인으로 꼽고 있는 '삶 자체를 위해 삶을 살아가는' 열정의 결여는 괴테 이후 독일 소설가들과 독일 소설의 특성을 가장 잘 요약하고 있다. 위대한 영국 소설가들의 작가적 삶은 생명력으로 충만된 삶의 실제 체험에 바쳐진 것이었다. 그에 반해 독일 소설가들의 삶은 범속하다고 할 정도로 절제된 단조로운 것이었고, 이는 그들의 작품 속에 그대로 나타난다. 『젊은 베르테르의 슬픔』을 쓸 당시의 젊은 괴테를 제외한 독일 소설가들 중 어느 누구도 영국의 찰스 디킨스를 비롯한 다른 유럽 작가들의 삶을 특징짓는 복잡다단한 열정과 애증, 그리고 강박관념 같은 데 얽매인 삶을 살지 않았다. 작가든 작품 속 등장인물이든 독일인은 삶에 대해 생동하는 집착력과 넘쳐흐르는 열정을 치열하게 보여주는 경우가 드물다. 토마스 만도 예외는 아니었다. 그의 작품의 등장인물들은 더러 열정적인 모습을 보일 때도 있지만, 그것은 추상적이거나 내향적인 정열 아니면 예술에 대한 사랑일 뿐 자기 자신을 망각하는 헌신적인 태도로까지 나아가는 법이 없다.

그러나 이 추상적이거나 내향적인 정열을 과소평가할 수는 없다. 중용이라는 것을 모르고 극단으로 치닫기 쉬운 현대인의 삶에 비춰보면 그것은 전혀 달리 평가되어야 할 충분한 이유가 있다. 비록 삶에 대해 적극적인 것으로 여겨지지 않았다

할지라도, 삶을 대하는 독일소설 주인공들의 태도는 오히려 서로 모순되는 양극단을 이어주고 화해시키는 촉매 역할을 하는 것으로 간주될 수 있기 때문이다. 토마스 만의 작가정신을 꿰뚫고 있는 화두는 바로 이 양립하기 어려운 대립명제들의 상호모순성과 그 극복의 문제였다. 그것이 삶과 예술로 나타나든, 아니면 진보와 보수, 선과 악으로 나타나든 서로 대립되는 개념 쌍 하나하나가 그의 작품세계의 저변을 흐르고 있다. 이 삶과 예술, 진보와 보수, 선과 악의 세 대립명제는 앞으로 이 책이 다룰 토마스 만의 초기·중기·말기의 대표작 『토니오 크뢰거』(Tonio Kröger, 1903)와 『마의 산』(Der Zauberberg, 1924), 그리고 『파우스트 박사』(Doktor Faustus, 1949) 각각의 주제의식을 이룬다.

작품에 들어가기 전에 먼저 토마스 만 문학의 뿌리라고 할 수 있는 독일적 이원성의 문제를 살펴보기로 하자. 토마스 만은 언젠가 독일 지식인들의 내면풍경을 "권력에 의해 보호된 내면성"이라고 요약한 적이 있는데, 이는 매우 적절한 표현이다. 독일사에 전형적으로 나타나는 시민계급 지식인들의 내적 가치에의 몰두 현상은 정치현실로부터 소외된 데 대한 심리적 보상 기제라고 할 수 있다. 현실에 대한 그들의 이 소극적인 태도는 물론 하루아침에 생긴 것은 아니다. 그 역사적 연원은 길고도 깊다. 그중에서 맨 먼저 거론되어야 할 것은 중세독일에 뿌리를 둔 고질적인 소국분립주의이다.

신성로마제국의 허울, 바바로싸 황제의 허울

보기 드물게 파행적으로 전개된 독일 근대사는 앞서 말한 독일인들의 열정적이지 못한 삶의 태도의 원인이자 결과이다. 근대 독일 사회의 정치적 후진성이 시민혁명의 미완과 그로 인한 시민계급의 정치현실로부터의 소외에 기인한다는 것은 이미 잘 알려진 사실이다. 그러나 그러한 소외현상의 원인은 그 뿌리가 생각보다 깊다. 먼저 중세독일의 소국분립주의라는 문제로 돌아가 보자.

독일 중세사의 최전성기는 12세기 말 신성로마제국을 떠받들었던 호엔슈타우펜 왕가의 프리드리히 1세, 일명 바바로싸 (Barbarossa, '붉은 수염'이라는 뜻. 제위 1152~1190) 황제 때였다.[3] 제2

---

[3] 이하 독일 중세사 관련 부분은 하겐 슐체, 반성완 옮김, 『새로 쓴 독일역사, 知와 사랑』, 2000. 마틴 키친, 유정희 옮김, 『사진과 그림으로 보는 케임브리지 독일사』, 2001 참조.

차 세계대전 중 히틀러가 소련 침공 작전명을 '바바로싸'라고
할 만큼 황제는 중세독일을 상징하는 전쟁영웅이었다. 그의
궁정의 화려함, 부르군트의 베아트릭스와의 결혼, 승리와 패배
를 거듭한 이탈리아 원정, 그리고 제3차 십자군 원정 중에 맞
이한 신비스러운 죽음에 이르기까지 그를 둘러싼 모든 이야기
들은 동시대와 후세 사람들의 기억 속에 그를 전설적인 인물
로 만들어주는 비옥한 토양이었다. 그 어느 황제도 바바로싸
만큼 후세인들의 상상력을 자극시켜주지 못했다. 19세기 낭만
주의 시인 뤼케르트는 황제는 죽지 않았으며 독일을 구하려
되돌아올 때까지 튀링엔 주의 마법의 산 키프호이저에 잠들어
있다는 전설을 다음과 같이 노래하였다.

제국의 영광과 권력을 가지고
그는 저 깊은 곳으로 사라졌네
언젠가 영광스러운 시대가 오면
그는 다시 깨어난다네.

이렇게 바바로싸는 극심한 분열에 시달리던 독일인들의 통
일 열망의 상징적 인물이 되었다. 그리하여 마침내 1871년 명
실상부한 통일과 함께 독일 제2제국이 창건되었을 때, 제국의
선동가들은 신성로마제국(제1제국)의 '붉은 수염' 바바로싸 황제
를 제2제국의 '흰 수염' 바바블랑카(Barbablanca), 즉 빌헬름 황

제와 연결시켜 제국 권력의 정통성과 연속성을 부각시키고자 하였다. 독일 통일을 주도한 프로이센의 호엔촐레른 왕가가 바바로싸의 호엔슈타우펜 왕가와 동일시된 것이다. 그러나 바바로싸 황제를 둘러싼 일부 이야기는 전설일 뿐 역사적 사실이 아니다. 우선 그가 십자군 원정에서 사망한 것은 사실이지만 전투 중에 죽은 것은 아니었다. 바바로싸의 십자군 제3진은 1189년 예루살렘을 향해 출발한다. 그러나 이듬해인 1190년 6월 11일 그는 소아시아의 살레프 강에서 목욕을 하다가 수영 미숙으로 익사하고 만다. 게다가 키프호이저 산에 잠들어 있다는 전설의 역사적 주인공은 바바로싸가 아니라 그의 손자인 프리드리히 2세이다. 민중의 통일 열망이 키프호이저 산의 주인까지 바바로싸로 바꿔놓은 것이다.

한편 바바로싸 황제의 권력은 막강했을지 몰라도, 제국은 중앙집권적이지 못했다. 황제는 특이하게도 그에게 반항하는 지방제후들의 봉토를 박탈은 했지만, 그것을 황제 직속 영지에 편입시키지 않았다. 만약 직속 영지에 편입시켰더라면 호엔슈타우펜 왕가의 권력은 훨씬 더 강화되었을 것이고, 할거 양상을 보이고 있던 제후들의 세력은 약해졌을 것이다. 비슷한 상황에 놓여 있던 영국과 프랑스의 왕들이 그러한 영지를 자기들 소유로 만든 것과는 대조적이었다. 근대 서유럽 민족국가는 영국과 프랑스처럼 왕의 직영지를 최대한 확대하고 공고히 하는 데서 출발했다. 그러나 바바로싸는 그런 조치를 취하지 않았을 뿐 아니라, 주인이 없어진 봉토를 제국의 다른 제후들에게 나누어주었다. 왜냐하면 제국의 방대한 규모는 일사불란한 통치를 어렵게 만들었고, 지방제후들의 지원 없이는 자신의 권력을 유지할 수 없기 때문이었다. 앞으로 전개될 독일의 역사가 서유럽 민족국가들의 발전에서 멀어지게 된 결정적인 원인은 이처럼 바바로싸가 제국 제후들의 영지를 직접 통치하지 않은 데에 있었다. 바바로싸로서는 그렇게 하는 것 말고는 다른 길이 없었다. 그는 제국 내의 내로라하는 제후들과 귀족계급을 제어하고 통치하기에는 황제의 힘이 달린다는 사실을 잘 알고 있었던 것이다.

이처럼 제후들과 귀족계급에 맞서 제국의 권력을 공고히 하려던 호엔슈타우펜 왕가의 시도는 실패로 끝이 났다. 더욱이 바바로싸가 십자군 원정에서 죽고 1198년에는 아들 하인리히 6세가 요절했으며, 손자인 프리드리히 2세(제위 1212~1250)마저 독일보다도 이탈리아 영지 경영에 온 힘을 쏟게 되자 제국의 권력은 급속도로 약화되었다. 교황과의 길고 지리한 싸움, 이탈리아 원정으로 인한 국력의 소모, 수많은 라이벌 세력들, 서유럽에 비해 뒤쳐진 문화적 발전 등의 요인들로 말미암아 제국은 자기혁신을 하지 못하고 낡은 옛 제도에 묶여 있었다. 서유럽 이웃국가들이 비교적 명확한 경계를 지닌 영토를 갖고 정치·경제·문화의 중심지인 왕국과 수도를 가진 반면, 북해에서 지금의 중부 이탈리아, 프랑스 동부에서 폴란드에 이르는 광대한 영토의 신성로마제국은 거창한 이름(원래 이름은 '독일 민족의 신성한 로마제국', Das heilige römische Reich der deutschen Nation)에 어울리지 않게 변변한 수도 하나 갖추지 못한 채, 여기저기 할거하고 있던 군소 영방제후국들과 권력을 나누어가졌다. 요컨대 제국을 구성하고 있던 것은 넓은 지역에 분산된 여러 막강한 귀족가문들과 명목상 황제의 통치지역이지만 제각기 독립된 통치체제를 가진 제국도시, 그리고 점점 제국의 통제권에서 벗어나고 있던 이탈리아의 자치도시들이었다. 나중에 독일 시민계급 지식인들의 공통된 특징으로 나타나는 공적인 현실감각의 결여 현상은 근본적으로 이러한 수백 년에 걸친 국가의 분열상태에서 비롯된다.[4]

---

[4] 이렇게 제국 차원에서의 분권화와 군소 영방제후국 차원에서의 중앙집권화가 결합된 독일사의 특징이 근대적 통일국가 형성에 방해요소가 된 것은 사실이다. 그러나 20세기 말 초강대국들간의 긴장이 완화되고 분권화가 진척되는 한편, 군소 정치단위들과 풀뿌리 민주주의의 역할이 주목받는 시점에 이르러서는 독일사를 바라보는 관점도 변하고 있다. 유럽 어느 곳을 가보더라도 독일만큼 전국이 골고루 안정되고 높은 생활수준을 유지하는 나라가 없다는 사실이 이를 입증한다. 수세기에 걸친 고질적인 분열 상태가 오히려 국토의 균형발전을 가져온 것이다. 독일사에 관한 이러한 관점에 대해서는 메리 풀브룩, 김학이 옮김, 『분열과 통일의 독일사』(특히 제8장 「독일사의 패턴과 여러 문제들」), 개마고원, 2000 참조.

새로운 이념은 많지만 공통의 이념은 없었다

독일적 이원성을 낳은 두 번째 큰 파도는 유럽을 뒤흔든 계몽주의 및 낭만주의 운동과 함께 몰려왔다.[5] 18세기 낭만주의 운동은 유럽 어디에서나 모순이 많은 하나의 사회현상이었다. 그것은 계몽주의와 더불어 시작된 시민계급 해방의 연장 내지는 상승운동으로서, 시민계급의 끓어오르는 감정과 열정을 무기로 '차가운' 합리주의에 반대한 혹은 보완한 문화운동이었다. 그러나 프랑스와 영국의 시민계급이 스스로 처한 계급적 상황을 잘 의식하고 있었고 또 계몽주의의 성과를 포기한 적이 없었던 데 반해, 독일 시민계급은 합리주의의 과정을 채 마치기도 전에 이미 낭만적 비합리주의 속으로 들어가게 된다.

---

[5] 이하 독일 계몽주의와 시민계급에 관해서는 아놀드 하우저, 염무웅 외 옮김, 『문학과 예술의 사회사』(근세편 하), 창작과 비평사, 1983 참조.

물론 합리주의 이론 자체가 독일에 없었던 것은 아니었다. 오히려 독일의 대학 강단에서는 합리주의 이론이 다른 어느 곳에서보다 더 강하게 주장되기까지 하였다. 그러나 그것은 그야말로 강단(講壇) 이론, 즉 직업적인 학자와 학식 있는 문인들의 전공분야에 지나지 않았다. 이 합리주의는 한 번도 사회생활 속에, 넓은 사회계층과 시민계급의 생활 속으로 속속들이 침투한 적이 없었다. 물론 독일에도 계몽주의의 대가가 몇몇 있었다. 예컨대 고트홀트 에프라임 레씽(1729~1781) 같은 사람은 계몽주의 운동을 통틀어 가장 순수하고 인간적으로 매력적인 개성을 지닌 인물이었다. 그러나 독일의 경우 계몽주의 이념의 명석하고 확고부동한 신봉자들은 항상 고립된 존재였고 지식인들 중에서도 예외에 속했다. 대다수 시민계급과 지식인들은 계몽주의가 지닌 의미를 자기네의 계급적 이해관계와 관련해서 파악할 준비태세가 되어 있지 못했다.

그렇다면 이러한 잘못된 의식, 결국 '독일적 비참성(deutsche misere)'을 낳을 수밖에 없었던 지식인들의 정치적 천진성과 무지는 어떻게 해서 생겨나게 되었을까? 계몽주의가 독일 시민계급에 의해 올바르게 수용된 적이 없다는 사실, 그리고 긴밀하게 결속된 계층으로서의 의식적이고 진보적인 지식인 계층이 독일에 존재하지 못했다는 사실은 어떻게 설명되어야 할 것인가? 유럽 근대 시민계급에 있어 계몽주의는 정치적인 초등학교 과정으로서, 지난 2세기 유럽 정신사에서 시민계급이 수행한 역할은 이 과정 없이는 상상할 수 없다. 독일의 불행은 독일이 제때에 이 초등학교를 다니지 못했고 그 후에도 이때 놓쳐버린 과정을 다시 밟지 못했다는 사실에 있다. 계몽주의 운동이 유럽에서 활발하게 일어나고 있을 즈음 독일 지식인 계층은 아직 이 운동에 함께 참가할 만큼 충분히 성숙돼 있지 못하였다. 16세기가 경과하면서 독일 시민계급은 중세 말 이후 상승일로에 있던 그들의 경제적·정치적 영향력을 잃어버리게 되었고, 그와 함께 그들의 문화적 중요성도 상실되었다. 국제무역이 지중해에서 대서양으로 옮겨감에 따라 한자(Hansa) 동맹 도시와 북부독일의 여러 도시들은 네덜란드인과 영국인들에 의해 밀려났다. 전통적으로 독일 문화의 중심지였던 아우구스부르크와 뉘른베르크, 레겐스부르크, 울름 같은 남부독일의 도시들 역시 터키인들에 의해 지중해의 교통로가 차단됨에 따라 이탈리아 상업도시들과 함께 세력을 잃어버렸다. 도시의 몰락은 시민계급의 몰락을 의미하였다. 이제 제후들과 귀족계급은 도시로부터 더 이상 바랄 것도 두려워할 것도 없게 되었다. 16세기 말 이래 독일을 제외한 서유럽의 절대군주(왕)들은 반항하는 지방제후들(귀족계급)과 싸우기 위해서라도 어느 정도는 시민계급에 의지하였다. 또 제후들은 제후들대로 프랑스에서처럼 상공업을 전적으로 시민계급에게 맡겨버리든 아니면 영국에서처럼 경제적 번영으로 이득을 보기 위해서든 언제나 시민계급과 협력관계를 유지하였

다. 그러나 독일은 정반대였다. 16세기 전반기 농민전쟁(1524~
925) 이후 완전히 국가의 주인이 된 (300개가 넘는!) 군소 독일
제후국의 봉건영주들은—그들 스스로 귀족계급에 속했고 또
황제에 맞선 귀족정치의 대변자였기 때문에—자기네들의 지
배권을 위협하는 위험성이 귀족계급이 아니라 농민과 시민계
급에 있다고 보았다. 독일의 지방 봉건영주들은 무엇보다도
봉건적 이해관계를 가진 대지주들이었다. 그들에게는 시민계
급과 도시의 번영이 그다지 달갑지 않았던 것이다. 이런 상황
에서 30년전쟁(1618~1648)은 독일의 도시들을 경제적·정치적
으로 깡그리 파괴해 버렸고, 뒤이은 베스트팔렌 평화조약
(1648)은 독일의 영방분립주의에 따른 지방 봉건영주들의 독립
권을 최종적으로 확인하였다. 절대군주가 국가의 통일성을 대
표하고 경우에 따라서는 귀족계급에 반대하면서까지 국가의
이익을 옹호하던 서유럽의 상황과 비교해 보았을 때, 베스트
팔렌 조약은 그렇지 않아도 정치적으로 낙후되어 있던 독일
적 상황을 법적으로 정당화한 셈이 되었다. 독일을 제외한 서
유럽의 시민계급이 절대군주와 귀족계급의 틈바구니에서 어
떠한 경우에도 어부지리를 얻을 수 있었던 데 반해, 수많은
독일 군소제후국들의 봉건영주와 귀족계급은 시민계급의 권
리를 빼앗는 일이라면 항상 협력·결탁하였다. 또 서유럽에서
는 시민계급이 행정조직에 뿌리를 내렸고 일단 뿌리를 내리
고 난 뒤에는 거기에서 완전히 쫓겨날 수가 없었다. 그에 반

해 군대와 관료의 충성심이 늦게까지 봉건주의의 바탕이 되어 정치적 후진성을 면치 못하고 있던 독일에서는 일부 하급관리를 제외한 거의 모든 직책은 귀족과 대지주인 융커(Junker)에 의해 독점되었다. 시민계급은 처음에는 그저 궁핍해지고 특권을 박탈당하는 정도였으나, 그 다음에는 자신감과 자존심마저 상실하게 되었다. 마침내 그들은 이러한 비참한 상황으로부터 순종과 충성이라는 신하 도덕의 이상을 발전시키게 되는데, 그것은 권력에 순응하는 것을 마치 고매한 이념에 봉사하는 것인 양 느끼도록 하는 것이었다.

이러한 시민계급의 무력감과 현실적인 일체 활동으로부터의 소외는 급기야 그들의 소극적인 태도를 낳는다. 그리고 이 소극적인 태도는 문화생활의 모든 영역에 깊은 영향을 미치게 된다. 하급관리와 교사들, 세상물정에 어두운 문필가들로 이루어진 지식인 계층은 사적인 영역과 공적인 영역 사이에 일정한 선을 긋고, 공적인 문제들에 대한 일체의 실천적 견해 표명을 포기하는 데에 익숙해지게 되는 것이다. 그들은 이상주의(관념론)를 극단화하고 자기네들의 이념이 세속적인 이해관계보다 훨씬 더 가치 있는 것이라고 여김으로써 현실로부터의 소외를 보상받으려 하였으며, 현실문제와 정치에 관한 모든 일은 전적으로 권력자에게 위임해 버렸다. 이러한 체념적 태도에는 사회적 상황에 대한 무관심뿐만 아니라 정치에 대한 노골적인 경멸이 숨겨져 있다. 이런 식으로 독일 시민계급 지식인들은 사회현실과 접촉하지 않는 점점 더 세상물정에 어둡고 괴팍하며 고지식한 존재로 화하게 된다. 그럴수록 그들의 사고는 사변적·비현실적·비합리적인 것으로, 표현방식은 더욱 고집스럽고 난해한 것으로 변한다. 그들은 자기가 속한 신분과 사회집단을 초월하는 보편인류적인 차원으로 물러나 현실감각의 결여를 미덕으로 삼고, 그것을 오히려 이상주의나 내면성을 통한 공간적·시간적 한계의 극복이라고 생각하였다. 이렇게 독일에서는 서유럽과 달리 서서히 문학이 정치로부터 분리되기 시작한다. 독일에서는 작가이자 정치가이고 학자이자 언론인이며 훌륭한 철학자인 동시에 훌륭한 저널리스트인 여론의 대표자들이 사라지게 되는 것이다. "새로운 이념은 많지만 공통의 이념은 하나도 없다"고 했던 한 프랑스 비평가의 말은 당시 독일의 정신 지형도를 정확하게 짚어내고 있다. 독일인들에게 모자란 것은 일요일에 먹는 케이크가 아니라 매일 먹는 식빵이었던 셈이다. 그들에게는 서유럽의 여러 나라와 달리 개인적 욕구에서 한걸음 더 나아가 공동의 방향을 제시하는 건강하고 생동감 넘치는 일반여론이 결여되어 있었다.

시인(Dichter)과 글쟁이(Literat)

이렇게 일요일에 가끔 먹는 케이크와 매일 먹는 식빵의 심각한 불균형 현상은 19세기에 들어와서도 여전했다. 그것은 보수와 진보, 문화와 문명, 문학과 정치 등 서로 대립되는 개념으로 분화되었고, 서로 상충되는 이 개념들은 상호 보완되는 쪽으로 가지 않고 오히려 양자간의 대립이 더욱 심화되는, 그것도 후자보다 전자 쪽으로 쏠림 현상이 심해지는 양상을 보이게 된다. 널리 알려진 대로 유럽 열강은 애초부터 유럽 중부에 강력한 통일국가가 출현하는 것을 원하지 않았다. 유럽 열강의 입장에서는 통일된 독일이 아니라 분열된 독일이 유럽의 평화를 유지하는 최선의 방책이었던 것이다. 19세기 초 나폴레옹 몰락 이후 결성된 독일연방 역시 여전히 오스트리아와 프로이센을 비롯한 40여 개의 독립된 영방과 자유도시들로 분열되어 있었다. 각 영방들은 독자적으로 외국과 조약을 체결

할 권리를 유지했고 중앙행정기구나 재정조직을 갖출 수 있었기 때문에, 독일연방은 말이 연방이지 실제로는 상호 구속력이 없는 느슨한 국가연합이나 마찬가지였다. 그나마 각 영방 간에 특별한 갈등과 마찰 없이 가까스로 유지된 분열 상태와 그에 힘입은 평화는 19세기 후반 프로이센 중심으로 독일이 통일될 때까지 지속되었다.

그러나 1871년 역사상 처음으로 실질적으로 통일된 독일은 우선 영국이나 러시아로부터 자유롭지 않으면 안 되었다. 그래야만 단일국가로서 완전히 독립적이고 강한 지위를 얻을 수 있기 때문이었다. 새로 탄생한 통일독일(독일제국)이 서유럽과 동유럽 정치체제의 중간 형태를 띠게 된 것은 그 때문이었다. 통일의 주역이었던 비스마르크는 이 점을 정확하게 파악하고 있었다. 독일제국에는 국가의 재정심의권을 가진 국회가 있었으며 현대적 의미의 보통선거제가 실시되었으므로, 당시 유럽을 좌지우지하던 대국 영국의 눈에는 독일의 정치체제가 자기네의 입헌군주제와 매우 닮아 있는 것처럼 보였다. 그런가 하면 제국에는 수상의 임면권을 가지고 제국의 군대로부터 절대적인 충성을 받는 황제가 있었으므로, 유럽 정치의 또 다른 주인공이었던 러시아에게는 독일의 정치체제가 동방의 전제제도와 흡사하게 보였다. 유럽의 양 날개였던 대영제국과 차르 체제의 러시아는 각각 독일이 자기네만의 파트너가 되어 주기를 바랐다. 만약 현실적으로 그러한 희망이 이루어질 수 없다면 적어도 독일이 상대편이 되는 것만은 막아야 했다. 이런 국제정치적 배경에서 비스마르크가 주도한 통일이 가능했던 것이다.

　독일제국, 곧 비스마르크 재상의 독일 제2제국은 독일 역사상 최초의 실질적인 통일국가였지만, '아래로부터'가 아니라 프로이센의 군사력을 바탕으로 한 '위로부터의' 창건이라는 태생적 한계를 지니고 있었다. 그러나 통일방식의 이런 문제점에도 불구하고 비약적인 경제성장과 타의 추종을 불허할 정도로 많은 노벨상 수상자를 배출하는 등 과학·문화 부문의 뛰어난 성과에 힘입어 제국은 통일국가로서 정통성을 인정받을 수 있었다. 그러나 동시에 제국은 정치적으로 많은 취약점을 안고 있었다. 입헌·법치국가의 외형을 갖추긴 했지만 의회의 권한은 매우 약했고, 사회적으로는 계급·종교·민족·인종 등 여러 측면에서 심각한 불평등 구조를 안고 있는 등 국가 전반에 걸쳐 비민주적인 요소가 짙게 깔려 있었다. 따라서 독일제국은 경제적 근대화는 이루었으나 자유민주주의에 기반을 둔 시민사회의 발전과 정치적·사회적 근대화에는 실패한 기형적인 국가였다고 할 수 있다. 그에 따라 독일 시민계급은 경제적으로는 해방되었지만, 본질적으로는 새 얼굴의 옛 주인에게 또다시 예속되기에 이른다. 뿐만 아니라 그들은 강대국들로 둘러싸인 독일의 지정학적 특성상 항상 주변국들에게 맞설 준비태세를 갖추기 위해 강력한 군사력과 지도자가 필요하다는 지배이데올로기에 자기도 모르게 길들여지게 된다. 19~20세기 전환기에 적지 않은 지식인들이 전쟁을 민족적 연대감을 키워나가는 수단 혹은 유럽의 낡은 질서를 뒤엎을 수 있는 혁신적인 그 무엇인가로 간주했다는 사실이 이를 증명한다. 제1차 세계대전 당시 보수적인 독일문화 우월주의에 빠져 있던 토마스 만과 다른 경우이긴 하지만, 예컨대 헤르만 헤세는 전쟁을 세계혁신이라는 측면에서 매우 심미적으로 해석한다. 잘 알려져 있다시피 헤세는 독일 시민계급 지식인 가운데 몇 안 되는 반전·평화운동가 중의 한 사람이었으나, 그의 평화주의는 감상적이고 심미적인 것이라는 인상을 강하게 풍긴다. 그의 대표작 중 하나인 소설 『데미안』(1919)의 끝부분에서 전쟁은 다음과 같이 극히 관념적으로 해석된다.

지금 나는 많은 사람들이, 아니 모든 사람들이 이상을 위해 죽는 것이 가능하다는 것을 알았다. 전쟁의 깊은 곳에서 무엇인가가 생성되고 있었다. 새로운 인간성과 같은 무엇인가가. 그 피비린내 나는 소행은 오로지 내면의, 그 자체 속에서 산산이 파열된 영혼의 발산이었다. 한 마리의 거대한 새가 알에서 뛰쳐나오려고 안간힘을 쓰고 있었다. 알은 이 세계였고 세계는 짓부숴지지 않으면 안 되었다.

결국 패전으로 제국이 붕괴하고 바이마르 공화국이 등장하였지만, 이 바이마르 공화국이 허울만 좋을 뿐 사실은 '공화주의자 없는 공화국'이었음은 역사가 증명하는 바이다. 베르사이유 강화조약에 서명한 사회민주주의와 자유주의 정치가들에 대한 분노와 비난, 사회민주주의자들과 유대인들에 대한 패전 책임의 전가 등으로 말미암아 바이마르 공화국에는 공화국 정신과 동떨어진 반민주적이고 권위주의적인 우파 민족주의가 득세하게 된다.

이 반민주적인 우파와 그에 대항하는 좌파의 틈바구니에서 독일 최초의 민주주의 실험은 실패하고 만다. 표류하는 당시 독일 지식인들의 내면세계의 한 단면을 제1차 대전 전후의 토마스 만을 통해 잠깐 엿보기로 하자. 대전 중에 집필된 『비정치적 인간의 고찰』(1918)이라는 600여 쪽에 이르는 거대한 사고의 구조물, 제목과는 달리 매우 정치적인 이 수상록에서 토마스 만은 국수적이라고 해도 좋을 정도로 민족적인(독일적인) 면모를 내비친다. '글쟁이(Literat)'와 '시인(Dichter)'의 의식적인 구별이 그 좋은 예이다. 그는 같은 작가라고 하더라도 독일의 비정치적인 '문화(Kultur)'에 뿌리를 내린 진정한 지식인이라는 뉘앙스의 '시인'과 비독일적이고 정치적인 '문명(Zivilisation)'에 경도된 '글쟁이'를 구별하는 것이다. 이는 서구의 계몽적 지식인 유형에 대한 강한 거부감을 의미한다. 토마스 만은 정신의 정치화를 지향하는 이들 비독일적인 문명글쟁이들을 이렇게 정의한다.

본능적으로 독일의 특수성을 혐오하지 않고 문명의 제국에 결속감을 느끼지 않으면 글쟁이가 아니다. 더 정확히 말하면, 글쟁이인 한에 있어 그는 이미 프랑스인이라고 하겠으며 더욱이 고전적 프랑스인, 혁명의 프랑스인이다. 왜냐하면 혁명의 프랑스로부터 글쟁이는 위대한 전통을 넘겨받기 때문이다. 그곳에는 글쟁이의 천국, 글쟁이의 황금시대가 있다.

토마스 만은 이 문명글쟁이에 속하는 지식인 유형을 독일에 대항하는 자, 독일적이지 못한 자, 독일적 본질의 정수를 빼앗는 자로 간주한다. 정신과 문화보다 정치와 문명을 우위에 놓는 것은 이들 문명글쟁이들의 특징으로서, 그것은 비독일적이라는 것이다. 개인주의와 합리주의에 기초한 서유럽의 진보적이고 문명화된 사고보다 사변적 내면성에 치우친 보수적인 문화우월주의를 엿볼 수 있게 해 주는 대목이다. 또한 그것은 독일 지식인들이 역사의 적극적인 추동세력이 되지 못하고 자유롭지만 수동적인 존재로 머물게 된 것이 제1차 세계대전까지 여전히 남아 있던 토마스 만 류의 보수적인 문화우월주의 탓이었음을 이해하게 해 주는 대목이기도 하다.

그러나 독일 지식인들에게서 볼 수 있는 이 민주적 면역체계의 미발달은 그것으로 끝이 아니었다. 바이마르 공화국을 무너뜨린 전체주의에 대해서도 그들은 대항할 엄두를 내지 못

하고 오히려 파쇼 독재체제의 발생을 수수방관하였다. 지식인
들이 나치즘의 본질을 미처 꿰뚫어보지 못한 결과는 상상을
초월한 것이었고, 이후 독일 현대사는 전체주의의 어두운 그
림자에서 벗어나려는 버거운 시도들로 메워졌다. 제2차 세계
대전 후의 독일연방공화국(서독)과 독일민주공화국(동독)에서
1990년 재통일에 이르기까지 독일 현대사는 지식인들과 상관
없이 전개되었다. 지식인과 국가, 정신과 권력 사이에 심각한
괴리 현상이 생겨난 것이다. 이러한 괴리 현상은 지식인 집단
의 국가에 대한 혐오감이 강하고 자기방어 및 연대감이 결여
될 때 어디에서나 생겨나게 되어 있지만, 독일은 그 정도가 심
한 경우였다고 할 수 있다.

아버지의 시민성과 어머니의 예술성

자신의 출생의 이원성과 관련하여 토마스 만은 다음과 같이 술회한 적이 있다.

내 성품의 혈통적 유래를 자문해 볼 때면, 나는 괴테의 유명한 시구[6]를 떠올린다. 나 역시 삶의 진지한 태도는 아버지에게서 물려받았으나, 예술적·감성적으로 유쾌한 천성과 허구의 욕구는 어머니에게서 물려받았다고 말하지 않을 수 없다.

토마스 만의 집안은 백여 년을 북부독일의 자유도시 뤼베크(Lübeck)에 정착한 막강한 세력의 명문 가문이었다. 증조부는

---

[6] 괴테는 자신의 출생에 대해 "아버지로부터 당당한 체격과 진지한 삶의 태도를, 어머니로부터 즐겁게 상상할 수 있는 낙천적인 성격을 물려받았노라"고 썼다.

뤼베크의 '요한-지그문트-만 곡물상-위탁 및 운송업'이라는 이름의 회사를 설립했고, 조부는 이 회사를 물려받는 한편 네덜란드 공국으로부터 영사의 직까지 수여받아 가문의 세력을 더 키웠다. 아버지 대에 와서는 가문의 힘이 더욱 확대되었는데, 1863년 가업을 물려받은 23세의 젊은 아버지는 사업에 남달리 넓은 식견과 열정을 보여주었다. 사업을 인수한 바로 1년 뒤에 네덜란드 영사로 보임되었고, 1877년에는 뤼베크 시의 참사회 위원이 된 것이다. 토마스 만의 동생 빅토르 만은 "맏아들이었던 아버지는 가문 혈통의 가장 좋은 특성을 물려받았다. 전통에서 우러나오는 품위와 범상치 않은 교양, 취미, 활달한 정신과 아울러 고상하고도 지극히 자유로운 성품은 아버지의 상업적 수완에 '제왕같이 당당한 상인'의 분위기를 부여했다. 이 때문에 아버지는 가장 좋은 의미에서 유서 깊은 집안의 가장이자 국가의 충실한 구성원이 되도록 예정되어 있었다"라고 회고한다.

당시 뤼베크 시 참사회는 소공화국 뤼베크의 최고위직에 속했다. 본래 11세기에 트라베 강 어귀에 건설된 슬라브인의 무역거점이었던 뤼베크는 1226년 자유도시의 권리를 획득했으며, 나중에 북독 한자동맹의 중심도시가 되었다. 이어 뤼베크는 발트해와 북해의 상권에서 주도권을 차지한 14~15세기에 이르러 완벽한 발전상을 갖추게 된다. 다음 세기에 접어들면서 도시는 일부 세력을 상실했지만, 여전히 한자동맹의 특권

자치도시로 남아 시 참사회에 의해 통치되었다. 시 참사회는 이 도시국가의 주권과 독립성을 대표하면서 통치권과 사법권을 행사했으며, 법관과 대다수 공무원에 대한 임명권을 가졌고 범법자의 형사상 사면권까지 지니고 있었다. 토마스 만의 아버지는 시 참사회의 14직분 가운데서도 가장 중요한 직책이었던 건설위원회와 간접세 부문의 위원이었고, 1885년부터는 무역 및 해상운송위원회의 업무를 맡아 그 영향력이 매우 컸다. 당시에 그는 이미 프랑스 소설을 원전으로 읽고 런던제 신사복을 입었으며, 러시아제 여송연을 피우는 높은 교양을 갖춘 시민계급 신사로서, 회사 일과 국가의 중책을 세심하고도 힘 있게 추진하는 능력을 겸비한 유능한 인물이었다. 토마스 만은 나중에(1926) 뤼베크에서 행한 한 연설에서 아버지의 위엄과 분별력, 명예욕과 근면성, 시민적 인품과 정신적 유연성을 이렇게 회상한다.

　　아버지의 인격이야말로 비밀스런 모범으로서 저의 모든 행위를 결정했습니다. 저는 살아가면서 문득문득 미소와 함께 그런 사실을 확인해왔고, 그럴 때마다 깜짝 놀라지 않을 수 없었습니다. 어쩌면 여기 이 도시에서 많은 직무를 맡아 활동하시던 아버지의 모습을 본 어떤 분은 오늘 저의 연설을 들으면서 당신의 품위와 분별력, 명예심과 근면성, 인격과 정신의 고상함, 전적으로 순종하고 따르던 서민들에 대한 온후함과 사교적 재능과 유머를 기억해낼지도 모르겠습니다. 아버지는 소박하거나 둔감한 분이 아닌 예민하고 열정적인 사람이었습니다. 또 당신의 아름다운 집을 지었던 이곳 뤼베크에서 일찍이 훌륭한 평판과 명예를 이룬 자제력과 결단력의 소유자였습니다.

괴테처럼 토마스 만도 작가로서의 성공을 아버지의 사회적·사업적 성공에 비교하면서 자신의 삶을 아버지의 그것과 일치시킨 것이었다. 실로 토마스 만의 진지한 면은 아버지의 영향이 결정적이었고, 19세기 독일 시민계급 사업가의 진지한 삶의 규범과 의무감을 자기만의 예술적 차원으로 옮겨놓았다고 할 수 있다. 토마스 만의 철저한 일과 시간의 분할 및 이행, 집필에 필요한 자료의 철저한 관찰과 연구는 삶에 대한 그의 진지한 태도를 잘 말해 준다. 밤늦게 혹은 술을 마시며 글을 쓴다는 것은 그로서는 있을 수 없는 일이었다. 아들 골로 만의 회상에 의하면, 토마스 만은 단 한 번 예외적으로 밤늦게까지 술을 마셔가며 집필하지 않으면 안 되었던 때가 있었다고 한다. 바로 1905년 프리드리히 쉴러 100주기를 맞이하여 쉴러를 추모하기 위한 단편소설 『괴로운 시간』을 쓸 때였다. 그 이튿날까지 완성시켜야 할 시한부 원고였기 때문이었다. 이때를 제외하고 토마스 만은 일과 시간의 규범을 깨뜨린 적이 한 번도 없었다.

　　그러나 다른 한편 토마스 만은 아버지로부터 일정한 거리를 유지하려고 애를 쓰기도 했다. 어머니라는 존재야말로 그에게는 처음부터 모든 것을 의미했기 때문이다. 어머니는 삶에 대한 아버지의 시민적 규범과 진지함, 분별성과는 거리가 먼 사람이었다. 율리아 다 실바-브룬스라는 이국적인 이름을 가진 토마스 만의 어머니는 브라질 태생이었다. 그녀의 아버지는 뤼베크에 친척을 둔 독일계 브라질 농장 경영자였고, 어머니는 포르투갈계 브라질 여성이었다. 일찍이 어머니를 여읜 율리아는 일곱 살 때 아버지를 따라 네 명의 형제자매와 함께 교육을 위해 독일 뤼베크에 왔다. 흑단처럼 검은 피부의 흑인 유모와 함께 브라질에서 온 다섯 아이들이 뤼베크에 도착했을 때, 이는 뤼베크 시민들에게 커다란 센세이션을 불러일으켰다. 거리에는 입을 벌린 구경꾼들이 웅성거리며 몰려들었고, 특히 흑인 여자를 바라볼 때 사람들은 눈이 빠질 지경이었다. 율리아는 뤼베크의 사립 여자기숙학교에 들어가 교육을 받았고, 그 뒤 1869년 6월에 결혼하였다. 시 참사회 위원이자 대(大)곡물회사 주인의 브라질 태생 부인은 뤼베크에서는 흔치 않은 용모를 지니고 있었다. 토마스 만의 아들 클라우스 만은 할머니를 이렇게 기억한다.

　　시 참사회 위원의 아름다운 부인이 종종 상류계층 귀부인들에게 조금 어울리지 않는 인상을 준 것은 사실이었다.

마치 그녀의 행실에 무언가 비난받을 구석이 있기라도 한 것처럼 말이다! 그러나 그녀는 그저 좀 '독특해' 보였을 따름이었다. 그것은 아마도 이국적인 혈통 때문이었을 것이다. 율리아 만 부인처럼 그렇게 검은 눈동자를 가졌다는 것이 뤼베크에서는 흔치 않은 일이었다. 그녀의 번뜩이는 이글거리는 눈빛은 이미 갖가지 소문을 불러일으키기에 충분했다. 부인은 같은 신분의 여성으로서는 피아노를 너무 잘 쳤고, 사랑스러우면서도 음란하게 들리는 외국노래를 잘 불렀다. 그나마 사람들이 가사를 이해하지 못하는 것이 다행이었다.

이러한 어머니의 상은 토마스 만을 평생 따라다녔다. 어머니에 관한 이야기들, 이를테면 그녀의 예술적인 기질과 이국적인 아름다움은 질서정연하지만 무미건조한 뤼베크의 시민세계와 확연하게 대조를 이루면서 어린 토마스에게 환상의 세계를 일깨워주었고, 내면의 황홀함과 사랑을 자극했다. 어머니가 세상을 떠난 뒤 토마스 만은 「어머니의 초상」이라는 글에서 이렇게 썼다.

나의 어머니는 분명히 스페인 여성의 자태에서 보이는 요염한 아름다움을 지니고 있었다. 그런 혈통의 특징과 자세를 나는 나중에 유명한 발레리나들에게서 다시 발견했다. 어머니는 남국 여인의 상아빛 피부와 고상하게 생

긴 코, 그리고 내가 보기에 매우 매혹적인 입술을 가지고
있었다.

이처럼 아버지의 진지성과 분별성 같은 시민적 덕목과는 대
조적인 어머니의 비시민적 특성은 토마스 만에게 또 다른 중
요한 영향을 끼쳤다. 어떤 의미에서 그것은 아버지의 영향보
다 더 깊었다고 할 수 있다. 그는 어머니에게서 두 가지 영향
을 받았는데, 하나는 위와 같은 이국적 특성이었고, 다른 하나
는 어머니의 타고난 음악성이었다. 어머니는 피아노를 훌륭하
게 연주하는가 하면, 아름다운 목소리로 다양한 레퍼토리의
독일가곡을 불렀다. 그 수준은 아마추어급 이상이어서, 뤼베크
시립극장 지휘자가 직접 토마스 만의 집에 드나들며 어머니와
함께 연주를 할 정도였다. 율리아 부인은 아들 토마스에게 음
악에 대한 사랑을 불어넣은 장본인이었으며, 그 이후 음악은
토마스 만의 삶과 문학에 중요한 역할을 하게 된다. 이 천부적
인 선물에 대해 그는 「어머니의 초상」에서 다음과 같이 감사
의 마음을 나타내고 있다.

나는 어머니가 연주할 때 함께 있는 것이 좋았다. 어머
니의 베히슈타인 피아노는 응접실의 불쑥 튀어나온 밝은
창가에 놓여 있었다. 나는 연한 회색 실로 누빈 안락의자
에 몇 시간이고 쪼그리고 앉아서 어머니의 세련된 감각의

섬세한 연주에 귀를 기울였다. 그 가운데 쇼팽의 연습곡과 야상곡 연주가 가장 빼어난 것 같았다. 음악의 현란한 낭만성에 대한 나의 뿌리 깊은 애정과 고전적·낭만적 문헌에 대한 지식은 대부분 그때 얻은 것이다. 또 아이헨도르프나 하이네, 슈토름의 영향을 받으며 감각적 삶과 언어의 서정적인 융합을 통찰하기 시작하던 소년에게 가곡이 보여주는 언어와 음향의 결합은 깊은 감흥을 한층 더해 주었다. 어머니의 목소리는 작지만 아주 곱고 사랑스러웠다. 어머니는 감상성은 물론 극적인 과장이 배제된 예술적 운율에 맞추어 수북하게 준비한 악보들을 보면서 모차르트와 베토벤, 슈베르트, 슈만, 프란츠, 브람스, 리스트를 거쳐 바그너 후기파의 첫 작품들에 이르기까지 놀라운 영역의 온갖 노래들을 불렀다. 어쩌면 독일 예술 중에서 가장 아름다운 이 영역에 내가 친숙해져 영원한 관계를 가질 수 있었던 것은 오로지 어머니 덕분이었으리라.

토마스 만은 어머니의 주선으로 뤼베크 시립극장 바이올린 주자로부터 바이올린을 배웠고, 뒤에 뮌헨으로 이주해서는 뮌헨 시립극장의 총지휘자 브루노 발터와 친분을 맺으면서 구스타프 말러를 비롯한 고전음악에 심취하는 체험을 가질 수 있었다. 그리고 훗날 미국 망명생활 중에는 스트라빈스키 등 현대음악 작곡가들과의 친교를 통해 창작의 중요한 계기를 만들기도 했다. 그의 문학에 끼친 음악의 영향은 매우 큰 것이어

서, 그의 대표작들은 한결같이 음악적 구성이나 음악적 주제
를 갖는다. 그는 소설을 음악적 구성체로 이해했는데, 예컨대
작품 『마의 산』을 해설하는 한 강연문(『『마의 산』 입문』)에서 이
렇게 쓰고 있다.

> 소설은 저에게 언제나 하나의 심포니였습니다. 그것은
> 대위법에 의한 작품, 다시 말하면 이념이 음악적 모티브
> 의 역할을 하는 테마의 구성체라고 할 수 있습니다.

모든 것의 긍정, 모든 것의 부정

  토마스 만은 1875년 6월 북독 뤼베크의 한 명망 있는 시민계급 가정에서 태어났다. 이것은 한 작가의 이력을 말할 때 흔히 앞세우게 되는 평범한 서술인데, 여기에는 이미 토마스 만에 관한 많은 것이 해명되어 있다. 첫째, 그의 생애의 첫 25년이 19세기의 마지막 4반세기와 일치하고 있다는 점이며, 둘째, 그는 중세 이래 독일 시민계급 흥륭의 가장 중요한 발상지 중의 하나인 한자동맹 도시 뤼베크의 시민가정 출신이라는 점이다. 이 두 가지를 한꺼번에 간추린다면, 토마스 만은 세기말의 암울한 데카당스적 분위기에서 청년기를 보낸 전통적인 독일 시민계급의 마지막 후예라고 할 수 있다. 세기말의 시대적 갈등으로 가득 찬 긴장관계가 그의 문학적 창조력으로 승화되었듯이, 방금 살펴본 출생의 이원성도 그에게 창작의 중요한 원동력으로 작용하였다. 명료한 분별력과 정확성에 기초한 아버지 쪽의 시민적 윤리와 남국적 낭만성에 기반을 둔 어머니 쪽의 예술성, 서로 대립되는 이 두 개의 힘이 토마스 만의 문학 세계를 더욱 넓고 더욱 깊게 만들어 주었기 때문이다.

그의 작가적 이력의 출발점이 되는 1890년대는 독일 사회에서 세기전환기의 갖가지 대립적 갈등 양상이 첨예하게 나타나기 시작한 시기였다. 1871년 창건된 빌헬름 제2제국은 역사상 유례가 없는 비약적인 경제 발전에 힘입어 부르좌 제국주의의 절정기를 구가하고 있었지만, 그럴수록 정신과 권력·소시민성과 부르좌적 탐욕, 지방성과 세계성 사이의 괴리와 갈등은 더욱 커졌다. 한편으로는 데카당스로 나타난 세기말적 몰락의 징조, 다른 한편으로는 거친 부르좌 사회의 탐욕 사이에 메울 수 없는 틈이 벌어지기 시작한 것이다. 모순과 갈등으로 가득 찬 이러한 시대체험은 젊은 토마스 만의 작가의식에 깊은 흔적을 남겨 놓았다. 그의 초기작을 지배하는 자연과 정신, 삶과 예술, 건강과 병 사이의 대립을 중심으로 한 양극적 모순의 주제는 그러한 세기말적 현상의 문학적 반영이라고 할 수 있다. 대립적인 양극의 모순에서 얻을 수 있는 것은 결국 양자는 서로 상반된 세계이면서 각기 그 자체만으로는 완전체가 못 된다는 사실이었다. 양자를 합일시키고자 하지만 초월할 수 없는 단절이 양자를 분리 대립되는 상태에 놓이게 한다는 것이다. 토마스 만은 이러한 대립과 인간적 불완전성의 원인이 개인에게 있는 것이 아니라 사회의 본질 자체가 그렇다고 보았다. 이 이원론적 대립과 불완전성은 토마스 만 문학의 중심 개념 중 하나인 아이러니(반어)를 낳게 된다.

아이러니를 중심으로 한 토마스 만의 소설론은 미국 망명시절인 1940년 3월 프린스턴 대학 강의록으로 구체화되는데, 이 강의록은 나중에 『예술로서의 소설』이라는 제목으로 출판되었다. 이 에세이 형태의 소설론에 담겨 있는 두 가지 핵심내용은 첫째, 문학 장르로서의 소설 형식의 옹호와, 둘째, 객관적 아이러니에 관한 것이었다. 프랑스와 영국의 경우 소설이라는 장르는 전통적으로 다른 문학 장르와 동일한 권리 내지는 우월하기까지 한 장르로 인정받은 데 반해, 독일에서는 '소설을 읽는 자는 거짓말을 읽는다'는 식으로 홀대를 받아 왔다. 그러나 토마스 만은 한 달 간 계속된 이 소설론 강의에서 문학 장르로서의 소설과 서사문학의 정신을 적극 옹호한다.

바로 이 예술 장르에, 바로 이 '서사문학의 정신' 자체에 나의 사랑과 나의 관심이 속해 있다는 개인적이고 비학술적인 고백을 용서해 주시기 바랍니다. 그리고 '예술로서의 소설'에 대한 강의가 뜻밖에도 서사적 예술정신의 찬미가 되더라도 관대하게 이해해 주시기 바랍니다. 그것은 강력하고 위엄 있는 정신으로서 포괄적이고 생기에 차 있으며, 단조롭게 흔들리는 먼 바다처럼 광대하고 대규모적인 동시에 정확하고 가곡적이며 현명하고 신중한 정신입니다. 그것은 단편(斷片)이나 에피소드를 원치 않으며, 무한히 많은 에피소드와 개별 사건들을 담은 하나의 세계, 하나의 전체를 원합니다. 서사문학의 정신은 급히 서두르지 않을 뿐만 아니라 무한한 시간을 소유하고 있기 때문입니다. 그것은 인내와 성실의 정신이자 참고 견뎌나가는 정신인 까닭에, 도대체가 끝내려 하질 않습니다. 이런 의미에서 '그대가 끝낼 수 없음이 그대를 위대하게 한다'고 했던 괴테의 말은 매우 적절하다고 하겠습니다.

토마스 만은 또 "소설은 내적인 삶을 많이, 외적인 삶을 적게 서술할수록 더 품격이 높고 더 고귀하다"는 쇼펜하우어의 말을 인용하면서 소설에 있어 내면화의 원리를 특히 강조한다. 이 내면화의 원리는 환상보다 지성을 옹호하는, 즉 돌발적인 사건과 에피소드들로 긴장을 불러일으키는 외적 줄거리보다 이지적이고 성찰적인 소설을 옹호하는 것이었다.

토마스 만에 의하면, 이 내면화의 원리에 충실한 성찰적인 소설은 또한 민주주의적 비판정신과 떼려야 뗄 수 없는 관계에 있기도 하다. 현대 민주주의 사회에서 소설이 문학의 대표적인 형식이 된 것은 무엇보다도 그것이 사회현실에 대한 비판정신을 효과적으로 담을 수 있기 때문이라는 것이다. 이 경우 소설이 현실에 대한 비판적 자세를 견지할 수 있는 것은 소설이라는 형식 속에 내재되어 있는 객관성과 아이러니 덕분이다. 토마스 만은 다음과 같이 짐짓 자신의 주장으로부터 거리를 두면서 논의를 시작한다.

이제 여러분은 어리둥절해 하면서 되물을 것입니다. 아니 객관성과 아이러니, 이 둘이 무슨 연관관계가 있단 말인가, 아이러니란 객관성의 반대말이 아닌가, 그것은 모든 고전주의적 고요함과 즉물성에 대립되는 낭만주의적 자유사상의 극히 주관적인 태도가 아닌가. 그렇습니다. 사실 아이러니는 그런 의미를 가질 수 있습니다. 그러나 나는 여기서 이 말을 낭만주의적 주관성이 거기에 부여했던 의미보다 훨씬 더 넓고 큰 의미로 사용하고자 합니다.

그의 말대로 극히 주관적이었던 낭만주의의 아이러니와 토마스 만의 객관적 아이러니는 정반대의 성격을 갖는다. 주관적 아이러니와 달리 그가 말하는 객관적 아이러니는 서술 대상을 더 명료하게 더 객관적으로 드러내기 위한 수단으로 이해되기 때문이다.

아이러니에 대한 토마스 만의 원래의 사상적 틀은 정신과 삶에 대한 니체의 대립명제에서 차용한 것이었다. 정신과 삶의 서로 대립되는 요소들의 매개자가 바로 아이러니라는 것이다. 풍자나 해학과 같은 주관적인 아이러니와는 전혀 다르게 냉정하게 세계를 관찰하고자 하는 토마스 만 특유의 아이러니

는 정신의 균형과 객관성, 명쾌함, 곧 "태양처럼 명료하며 유
쾌하게 전체를 포괄하는 통찰" 방식이라고 할 수 있다. 요컨대
토마스 만에게 있어 아이러니란 '거리 두기'이며, 이 거리 두
기야말로 예술 자체의 의미이기까지 하다.

> 미학적 정의를 내린다면, 서사문학의 예술이란 '아폴로
> 적' 예술입니다. 왜냐하면 아폴로는 먼 곳을 맞추는 자이
> 자 먼 곳의 신, 거리의 신, 객관성의 신이자 아이러니의
> 신이기 때문입니다. 따라서 객관성이 곧 아이러니이며, 서
> 사적 예술정신이란 곧 아이러니의 정신을 말합니다. 아이
> 러니란 침착성에 있어 어마어마한 의미를 갖는데, 그것은
> 예술 자체의 의미라고 할 수 있습니다. 이러한 의미의 아
> 이러니란 '모든 것의 긍정'인 동시에 '모든 것의 부정'이
> 라고 하겠습니다.

토마스 만은 모든 것의 긍정이자 모든 것의 부정이라는 이
이중성, 곧 총체성의 기반 위에서 자기 자신으로부터 또 서술
한 내용으로부터 냉정한 거리를 유지하고자 하였다. 그렇게
함으로써야 비로소 그는 진지하게 인식하여 창조해낸 것을 다
시금 유희하듯이 의문시하거나 부정할 수 있는 의식과 자유를
확보할 수 있었다. 앞으로 살펴보겠지만, 각각 삶과 예술, 보수
와 진보 사이에서 끊임없이 부동(浮動)하는 토니오 크뢰거(『토니
오 크뢰거』)와 한스 카스토르프(『마의 산』)의 모습 자체가 이 아이

러니적 서술방식 없이는 생각하기 어렵다. 또『파우스트 박사』
에 나오는 많은 대화 중에는 아이러니에 대한 작가의 생각이
잘 반영된 것도 있다. 예컨대 음악에 있어서의 아이러니는 이
렇게 설명된다.

우리는 진보적인 것과 대중적인 것의 결합에 대해, 예
술과 일상적인 것의 괴리를 없애는 일에 대해, 품격과 통
속성에 관해 이야기했다. 한때 낭만주의 문학과 음악이
이런 결합에 성공했으나, 그 후 다시 깊고 넓은 균열이 일
어나 그것이 예술의 운명이 되었다는 이야기를 했다. 아
무튼 이 목표를 이루기 위한 수단은 감상주의가 아니라
아이러니이다.

세 단계의 삶, 세 편의 소설

　60여 년에 이르는 토마스 만의 작가적 삶은 크게 세 단계로 나뉜다. 제1단계는 『토니오 크뢰거』와 『부덴부로크가(家)의 사람들·한 가문의 몰락』을 비롯한 초기작들에서 이원적 갈등이 가장 첨예하게 나타났던 시기, 제2단계는 『마의 산』, 『마리오와 마술사』 등 조화 모색의 시기, 제3단계는 『파우스트 박사』, 『바이마르의 롯테』 등 성숙의 만년기이다. 물론 그 사이 작품 활동 틈틈이 혹은 때에 따라서는 집필 중인 작품을 중단하면서까지 격동하는 20세기 유럽과 독일의 사회적·정치적 이슈들에 대해 중량감 있는 견해를 내놓는 것을 잊지 않았다.

　토마스 만만큼 어린 시절의 기억을 작품 속에 생생하게 담고 있는 독일 작가도 드물다. 그중에서도 초기작에 속하는 고향 뤼베크에서의 소년시절을 토대로 쓴 자전적 소설 『토니오 크뢰거』는 토마스 만 문학 특유의 주제와 표현기법이 가장 잘 드러나 있는 작품이다. 주인공 토니오 크뢰거는 작가 자신의 분신이라고 할 수 있을 만큼 작가의 예술관을 대변하고 있다. 대강의 줄거리는 다음과 같다.

 크뢰거 영사의 아들인 14세의 토니오는 시와 음악을 좋아하는 몽상적인 소년이다. 그는 공부도 잘하고 성격도 활달한 미소년 한스 한젠을 짝사랑한다. 그러나 예술과는 거리가 멀고 시민적 기질 그 자체인 한스는 토니오를 경멸할 뿐이다. 16세가 되었을 때 토니오는 댄스 강습장에서 알게 된 쾌활한 미소녀 잉에보르크(잉에) 홀름을 또 짝사랑한다. 그녀 역시 한스와 비슷한 세계에 살고 있기 때문에, 무기력하게 애정 표시도 제대로 못하는 토니오에게 별 관심을 보이지 않는다. 아버지가 죽은 후 집안은 기울어지고 어머니는 재혼한다. 그동안 토니오는 세상의 인정을 받는 작가가 되었지만, 마음속에는 고뇌와 고독의 연속이었다. 그는 늘 평범하고 건강한 시민적 삶을 동경하면서도 그것과는 거리가 먼 생활을 한다. 그의 내면에는 숙명과도 같이 예술가의 고독과 고뇌가 자리하고 있으며, 삶과 정신, 시민성과 예술성의 대립명제에서 헤어나지 못한다. 뮌헨에서 알게 된 여류화가 리자베타 이바노브나에게 자신의 심경을 털어 놓기도 하지만, 그녀는 그런 그를 가리켜 "예술의 세계로 길을 잃은 시민"이라고 부른다. 이처럼 예술세계와 현실적인 평범한 삶 사이의 갈등으로 남몰래 괴로워하던 토니오는 이름을 감추고 모처럼 북부독일에 있는 고향으로 여행한다. 그러나 공교롭게도 그는 고향도시에서 마침 수배중에 있던 사기꾼으로 오인 받아 경찰에 연행될 위기에 처하는 등 곤욕을 치르기도 한다. 지금은 도서관으로 이용되고 있는 크뢰거 가문의 옛 저택을 방문하고 잠시 옛날 소년시절의 회상에 잠긴 뒤, 토니오는 북해 연안의 피서지로 여행을 계속한다. 그곳 피서지의 한 호텔에서 그는 우연히 한스와 잉에가 함께 있는 것을 목격하게 된다. 행복한 이 한 쌍을 보자 일순간 그에게는 소년시절에 대한 감미로운 향수가 되살아나 가슴을 압박한다. 잉에 같은 아내와 한스와 같은 아들이 있다면 얼마나 좋을까, 다시 한 번 인생을 시작한다면 꼭 그렇게 살 텐데, 그러나 모두가 부질없는 생각이었다. 그는 홀로 조용히 리자베타에게 편지를 쓴다.

저는 두 개의 세계 사이에 서 있습니다. 그 어느 세계에도 안주할 수 없어 견디기가 좀 어렵네요. 당신네 예술가들은 저를 시민이라고 부르고, 시민들은 저를 체포하려 들지요.[7] 이 둘 중 어느 쪽이 더 저에게 쓰라린 모욕감을

---

[7] 예술가인 '나'를 시민들이 체포하려 든다는 토니오의 푸념은 그가 덴마크와 핀란드 여행길에 잠깐 들른 고향 뤼베크의 한 호텔에서 경찰관에게 연행될 뻔한 일을 가리킨다. 이는 작가의 실제 체험에 근거한다. 『부덴브로크가의 사람들』을 집필하느라 한창 분주하던 시기에 토마스 만은 기분전환을 위해 며칠간 덴마크를 여행하였다. 도중에 그는 뤼베크에 들러 '함부르크'라는 호텔에 묵는다. 거기서 그는 공개 수배된 사기꾼으로 오인 받아 경찰관에게 연행될 지경에

주는지 알 수 없습니다. 시민들은 어리석습니다. 그러나 저를 가리켜 냉정하다거나 동경심이 없다고 말하는 당신네들 미의 숭배자들이 잘 생각해 보아야 할 것은, 이 세상에는 처음부터 운명적으로 타고난 예술가 기질도 존재한다는 사실입니다. 그 어떤 동경심보다도 일상적인 기쁨에 대한 동경심을 가장 감미롭고 가장 감동적인 것으로 여기는 그런 심각하고도 근원적인 예술가 기질 말이지요. 저는 위대하고 마력적인 미의 오솔길에서 모험을 하면서 '인간'을 경멸하는 오만하고 냉정한 자들에게 경탄을 금할 수 없습니다. 하지만 그들을 부러워하지는 않아요. 왜냐하면 만약 글쟁이를 시인으로 만들어주는 무엇인가가 존재한다면, 그것은 바로 인간적인 것, 생동하는 것, 일상적인 것에 대한 저의 시민적 사랑일 테니까요. 모든 온기와 모든 선의, 모든 유머는 이 사랑에서 나옵니다. 마음 속 아주 깊은 곳에 있는 아무도 모르는 나 혼자만의 사랑은 금발과 파란 눈을 하고 있는 사람들, 생동하는 밝은 사람들, 행복하고 사랑스럽고 일상적인 사람들에게 바쳐진 것입니다. 이 사랑을 욕하지 마세요, 리자베타. 그것은 선량하고 결실을 가져다 줄 사랑입니다. 동경심이 그 안에 깃들어 있습니다. 또 우울한 질투와 아주 조금의 경멸과 완전하고도 순결한 행복감이 그 안에 깃들어 있습니다.

처했지만, 소설에서와 같이 즉각 그것은 오해였음이 밝혀진다.

제2단계에 속하는 장편소설『마의 산』에는 삶과 죽음이라는 거대한 주제가 파노라마처럼 펼쳐진다. 이 작품 역시 작가의 자전적 요소가 다분하다. 1912년 5월 토마스 만의 부인 카탸 만(Katja Mann)은 폐렴 증세가 있어 요양차 스위스의 다보스로 떠난다. 치료는 본래 예정했던 것보다 더 긴 시간을 요했고, 만 부인은 반년 동안 그곳에 머문다. 부인이 떠난 닷새 뒤 작가는 다보스 요양원을 방문한다. 그런데 토마스 만 역시 그곳에서 열병에 걸리게 되고 요양원 측에서는 그에게 폐결핵으로 전이될까 염려되니 좀 더 체류할 것을 권한다. 그러나 작가는 요양원 측의 권고를 듣지 않고 바로 독일로 돌아온다. 토마스 만은 아내의 폐렴 발병에서 다보스 요양원 방문에 이르기까지의 체험을 토대로 짤막한 단편소설을 쓰기 시작했으나, 제1차 세계대전이 발발하자 집필을 일시 중단한다. 그의 지론이었던 보수적 독일 문화주의의 입장에서 독일을 옹호하는 견해를 역사 시평 등을 통해 적극 피력하는 동안 작품 구상은 점점 더 커졌고, 전쟁이 끝난 뒤 다시 펜을 잡았을 때는 거대한 장편으로 발전한다. 평범한 한 청년의 7년 동안의 결핵요양원 생활을 기록한 이 소설은 그 줄거리만으로는 단순하다 못해 무미건조하기까지 하다. 그러나 죽음의 '저 위의 세계'에서 삶의 '이 아래 세계'로 내려오는 과정은 작가의 생애와 작품 경향의 전개 과정에서 중대한 전환점을 예고해 준다. 『토니오 크뢰거』와 『부덴브로크가의 사람들』로 대표되는 제1단계에서 허무주의로 빠질 수도 있었을 작가는 이 『마의 산』을 통해 다시금 삶을 감격적으로 포옹하고 있는 것이다. 삶이야말로 최우선적인 가치라는 단순명료한 인식, 곧 삶에 이르는 진정한 길은 '죽음을 넘어 가는 길'이라는 주인공의 최종적인 인식은 갈등과 모순으로 점철된 작가 토마스 만의 오랜 이원론적 모색이 바야흐로 조화의 실마리를 찾았음을 보여준다. 이 작품의 대강의 줄거리는 이러하다.

23세의 함부르크 출신 한스 카스토르프는 대학에서 조선공학을 공부하는 평범한 청년이다. 그는 사촌을 문병하기 위해 3주 예정으로 스위스 다보스로 향한다. 현역군인인 사촌 요아힘 침센은 결핵에 걸려 다보스 결핵요양원(베르크호프)에서 치료 겸 요양 중에 있다. 이곳에 도착한 카스토르프는 우연히 자기도 폐침윤 증상이 있다는 것을 알고 예정에 없던 요양생활을 하게 된다. 그는 점차 알프스 고원지대에 있는 요양원의 마적인 분위기에 휩쓸려 들어가 죽음과 병에 대해 친근감을 갖게 되고, 이후 7년을 그곳에 머문다. 요양원에서 카스토르프는 여러 사람들을 만나 사귀게 되는데, 그중에서도 클라우디아 쇼샤라는 러시아 여성이 그의 마음을 사로잡는다. 그녀는 남편을 고국에 두고 유럽 각지의 요양원을 전전하는 퇴폐적인 성향의 여성이었으나 이상하게 사람을 끄는 매력을 지니고 있다. 카스토르프는 또 이탈리아에서 온 계몽적 문필가(글쟁이) 세템브리니도 알게 된다. 합리주의자이자 인도주의적 모럴리스트로 자처하는 세템브리니는 틈만 나면 카스토르프에게 이성과 도덕을 설(說)하는 한편, 요양원을 지배하는 병과 죽음의 세계로부터 비판적으로 거리를 두라고 가르친다. 그러면서 병과 죽음의 세계에 빠질 위험이 있는 이 평범한 청년에게 빨리 산을 내려가라고 충고한다. 그러나 죽음의 세계에 점점 관심을 가지게 되면서 쇼샤 부인에게 깊이 빠진 카스토르프는 그의 충고를 받아들이지 않는다. 7개월 후 사육제날 저녁 카스토르프는 쇼샤에게 사랑을 고백하지만, 그녀는 다음날 산을 내려가 버린다. 그러다가 카스토르프는 유태인 나프타를 알게 된다. 그는 종횡무진 예리한 이론으로 독재를 찬양하고 테러를 옹호하며 반(反)개인주의적 전제정치와 공산주의적 이상향의 도래를 확신하는 예수이트 교단의 광신자이다. 그래서 나프타는 개인의 이성과 도덕을 존중하는 진보주의자 세템브리니와 충돌할 수밖에 없고 둘 사이에는 자주 열띤 논전이 벌어진다. 한편 여전히 병세가 호전되지 않는 데 지친 사촌은 카스토르프의 제지를 뿌리치고 하산하여 군무에 복귀한다. 그대로 산에 남은 카스토르프는 스키를 배우는데, 어느 날 스키를 타다 극심한 눈보라 속에 갇힌 그는 요양원에서의 삶의 방식에 대해 근본적으로 성찰할 기회를 갖는다. 눈보라 속에서 길을 잃고 죽음의 환영(幻影)에 전율하면서 카스토르프는 인간은 죽음의 세계를 뛰어넘어 사랑을 통한 삶을 살지 않으면 안 된다는 것을 깨닫는다. 그 뒤 사촌은 병이 악화되어 다시 요양원에 왔지만 얼마 안 있어 사망한다. 하산한 쇼샤 부인이 시민적 삶의 전형을 보여주는 은퇴한 커피왕 페퍼코른과 함께 그곳에 나타난 것은 그 무렵이었다. 카스토르프는 이 현세적인 삶의 거인에게서 많은 교훈과 감동을 받는다. 카스토르프에게 페퍼코른은 개념적이 아닌 감각적이고 현재적인 삶 그 자체를 살아가는 인간으로 표상된다. 그러나 그런 그도 삶에 패하여 자살하고, 이어 쇼샤가 다시 떠나간 뒤 카스토르프는 허탈상태에 빠진다. 요양원에서는 히스테리 환자가 속출한다. 나프타는 세템브리니와 자유에 관해 심한 논쟁을 벌이다가 그에게 권총 결투를 신청한다. 결투장에서 세템브리니는 하늘을 향해 총을 발사한다. 이에 나프타는 흥분하여 세템브리니를 비겁자라고 외치면서 자기 머리를 권총으로 쏘아버린다. 이처럼 카스토르프가 7년 동안 '이 위의 세계'에서 온갖 무위의 세월을 보내고 있을 때, '저 아래 세계'에서는 청천벽력과도 같이 전쟁이 터진다. 제1차 세계대전이었다. 카스토르프는 죽음이 지배하는 '마의 산'을 내려와 슈베르트의 「보리수」를 흥얼거리며 자욱한 전쟁의 포연 속으로 사라져간다.

그러나 대전이 끝난 후 조국 독일이 처한 현실은 토마스 만이 찾았다고 여겼던 조화의 가능성과는 거리가 멀었다. 도처에서 군국주의 파시즘의 깃발이 펄럭이기 시작한 것이다. 토마스 만은 누구보다도 심각하게 독재정치의 위험을, 무지몽매한 독일국민이 무엇인가 잘못 계산하고 있음을 예감했다. 마침내 아돌프 히틀러가 집권한 1933년 강연차 독일을 떠난 그는 그 길로 스위스를 거쳐 망명길에 오른다. 토마스 만은 최종 망명지인 미국에서 제2차 세계대전이 끝날 때까지 5년 동안 독일을 향해 BBC 반파쇼 라디오 방송(「독일 청취자들에게 고함!」)을 하는 등 수많은 반파시즘 논평과 강연을 했다. 그러나 그의 본령은 역시 창작이었다. 그가 평생 모범으로 삼았던 괴테를 재발견한 것이다. 괴테는 토마스 만에게 독일적 이원성을 극복한 대표적인 인물로 받아들여졌다. 이 괴테-토마스 만의 관계가 상징적으로 잘 나타난 작품이 만년기의 대표작 『파우스트 박사』이다. 부제('한 친구가 이야기하는 독일 작곡가 아드리안 레버퀸의 생애')에 나와 있듯이 이 소설의 주인공은 음악가(작곡가)이다. 주인공이 음악가라는 것은 토마스 만에게 매우 중요한 의미를 갖는다. 자주 이야기되는 바이지만, 만은 음악을 가장 격정적이고 추상적이며 신비적인 예술로 간주하며, 독일인의 정신은 이 추상적이고 신비적인 음악성에 있다고 본다. 파우스트가 독일정신을 대표하려면 음악가여야 한다는 그의 말은 그런 의미에서이다. 이 소설에서 작가는 현대판 파우스트라 할 수 있는 가상의 독일 작곡가 아드리안 레버퀸을 내세워 악마와의 계약과 파멸을 둘러싼 수백 년 전통의 파우스트 전설을 새롭게 파악·변형·재해석한다. 대강의 내용은 다음과 같다.

　　1885년에 태어나 1940년에 세상을 떠난 가상의 독일 작곡가 아드리안 레버퀸의 파란만장한 일대기를 그의 어릴 적 친구이자 일찍이 김나지움[8]에서 라틴어와 그리스어를 가르치다 은퇴한 철학박사 제레누스 차이트블롬이 제2차 세계대전이 한창이던 1943년 5월 23일(실제 거의 같은 시기에 토마스 만은 이 소설을 쓰기 시작했다)부터 1945년까지 일기 형식으로 써내려간다(소설은 1947년 1월 29일에 탈고되었다). 1885년 부유한 농민의 아들로 태어난 아드리안 레버퀸은 독일 중동부지역의 한 농촌에서 자라나 삼촌의 보호하에 카이저스아셔른이라는 도시에서 소설의 화자('나')인 차이트블롬과 함께 김나지움을 졸업한다. 중세풍의 이 도시에서 청소년시절을 보내는 동안 악기상을 하는 삼촌 집에서 음악에 대한 열정이 일깨워진다. 그러나 본격적으로 음악의 세계에 발을 들여놓게 되는 것은 신학이라는 우회로를 거친 뒤이다. 아드리안은 할레 대학에서 2년간 신학을 공부하고, 음악을 공부하기 위해 라이프치히 대학으로 옮긴다. 라이프치히에서 그는 에스메랄다라는 애칭의 창녀를 알게 된다. 그녀

---

[8] 김나지움(Gymnasium). 대학 진학을 위한 독일의 인문계 고등교육기관. 어원은 그리스어의 김나시온(Gymnasion : 체육장)이며, 16세기에 고전적 교양교육을 목적으로 설립되었다. 그룬트슐레(Grundschule : 초등학교) 4년을 마치고, 김나지움에서 9년을 공부한 뒤 아비투어(Abitur)라는 졸업 겸 대학입학자격시험을 거쳐 대학에 진학한다. 수년 전부터 김나지움 수업 연한이 9년에서 8년으로 1년 단축되고 있는 추세다. 마찬가지로 그룬트슐레 4년을 마치고 진학하는 직업교육 목적의 실업계 중등학교로는 레알슐레(Realschule) 혹은 하우프트슐레(Hauptschule)가 있다.

는 매독이 있다고 경고를 하였으나, 그는 의식적으로 그녀와 관계를 맺어 매독에 감염된다. 5주일 후에 발병하여 의사의 치료를 받아 일시적 증상은 사라졌지만 근치할 수 있는 기회를 영영 놓쳐버리고 만다. 그 뒤 뮌헨으로 거처를 옮긴 그는 그곳 상류사회와 교제를 하는 한편, 1910년경 팔레스트리나 등 이탈리아 일대로 여행을 떠나 그곳에서 2년을 머문다. 그러던 중 어느 날 심한 편두통을 앓던 그에게 악마가 나타나 계약을 제안한다. 계약조건은 첫째, 레버퀸에게 천재적인 대작을 쓰도록 24년의 시간과 확신에 찬 영감을 준다, 둘째, 그 대신 레버퀸에게는 사랑이 금지된다, 셋째, 레버퀸은 계약기간 만료와 동시에 악마에게 육체와 영혼을 맡긴다는 것이었다. 이 계약을 위한 악마와의 대화는 매독균이 이미 뇌에 침범하여 병적인 환상을 불러일으킨 상태에서 이루어진 것이었지만, 그는 결국 사랑을 포기하고 마적인 영감을 얻는 대신 악마에게 영혼을 팔고 만다. 이탈리아에서 다시 독일로 돌아온 레버퀸은 파이퍼링이라는 뮌헨 근교의 외딴 마을에 살면서 작곡에 열중한다. 때때로 뮌헨으로 나가 상류사회의 지인들과 어울리면서, 당시 제1차 세계대전이 발발하기 직전 독일 시민계급에 팽배해 있던 가치관의 혼돈과 왜곡 현상을 직접 목도하기도 한다. 그 사이 그는 가끔 발작을 일으키면서도 몇 편의 가곡과 12음계의 구성에 의한 관현악곡 등을 몇 개 만든 다음, 최후의 대작 『파우스트 박사의 비탄』이라는 칸타타 작곡에 몰두한다. 그 무렵

그는 마리 고도라는 여성을 알게 되어 그녀에게 사랑을 고백
하지만 거절당하는데, 그때 이 구애의 심부름을 한 친구가 그
녀에게 접근하다가 자기 아내의 질투로 전차에서 사살되는 사
건이 일어난다. 게다가 1928년 43세 되던 해에는 그가 친자식
같이 아끼던 조카가 뇌막염으로 참혹하게 죽어간다. 그는 너
무나 큰 상실의 고통을 맛본다. 남자든 여자든 그가 사랑하는
사람은 모두 빼앗기는 운명이 되었기 때문이다. 그는 두문불
출하고 오로지 『파우스트 박사의 비탄』 작곡에만 전념한다.
마침내 이 마지막 작품을 완성했을 때, 레버퀸은 시연을 위해
친지들을 불러 모은 자리에서 악마와의 계약이 있었음을 고백
하고 참회한다. 그리고 난 뒤 작품을 피아노로 연주하려는 순
간 갑자기 뇌마비의 발작을 일으키며 쓰러진다. 이후 그는 생
의 마지막 10년(1930~1940)을 제정신을 완전히 잃어버린 치매
환자로 살다가 1940년 8월 25일 팔순 노모의 품에서 세상을
떠난다.

"토니오는 나의 베르테르"
—『토니오 크뢰거』(1)

토마스 만이 몰두한 필생의 화두 중 하나는 예술가 혹은 예술적 소양이 있는 사람이 비예술적인 보통사람들과 운명적으로 어떻게 다른 존재인가를 문학적으로 탐구하는 것이었다. 토마스 만 스스로 어릴 때부터 자기가 기질적으로 남과 다르다고 느꼈고, 남과 다른 이 예술적 기질이 그의 문학에 중대한 영향을 끼쳤다. 소설 『토니오 크뢰거』의 동명의 주인공 토니오 크뢰거 역시 어릴 때부터 또래들과는 매우 다른 모습을 보이고 있다. 어린 나이임에도 그는 언제나 많은 생각에 사로잡혀 있으며, 일반적으로 학교라는 사회가 원하는 모범생과는 거리가 멀다. 그는 다른 아이들과 어울리지 못하고 이질감 속에서 소외와 고독을 느낀다. 이러한 이질적인 성향으로 말미암아 점차 사회와 동떨어진 자기만의 세계로 향하는 모습은 그의 장차 작가로서의 평탄치 않은 삶을 예고해 주고 있다. 이 작품이 아니더라도 토마스 만의 문학에는 작가의 자전적인 모습이 다양한 경로와 형태로 투영되어 있다. 실제로 그의 소설에는 자전적인 요소가 담기지 않은 경우가 없다고 할 정도다. 작중 인물들과 이들을 둘러싼 환경묘사 등 많은 부분이 작가 자신의 실제 생활체험에 근거하고 있는 것이다. 『토니오 크뢰거』는 말할 것도 없고 초기 대작 『부덴브로크가의 사람들』은 작가 자신의 가문을 모델로 한 가족연대기라고 할 수 있으며, 『마의 산』 역시 앞서 말한 것처럼 작가가 스위스의 결핵요양지 다보스에 폐렴으로 입원한 자기 아내를 문병차 방문했을 때 받은 인상을 소재로 주요 등장인물들도 거의 모두 실존 인물과 일치시킬 수 있는 작품이다. 또 『파우스트 박사』의 실제 배경이 뤼베크·뮌헨·이탈리아 등 작가가 직접 머물렀거나 체험했던 곳을 무대로 하고 있고, 등장인물 일부도 실재했던 인물에 기반을 두고 있음을 알 수 있다. "참된 작가라면 어느 정도는 자기가 창조한 인물과 자신을 일치시키기 마련"이라는 그의 말대로, 그의 작품의 주요 주인공들은 여러 가지 점에서 작가 자신과 일치된다.

토마스 만의 이러한 자전적 서술방식은 그가 창안해낸 것은 아니었다. 서술방식 면에서 토마스 만 문학에 중요한 영향을 끼친 것은 괴테와 톨스토이를 비롯한 19세기 유럽 소설이었다. 토마스 만은 이 서사문학의 거장들로부터 자전적 서술방식을 계승·발전시켰다. 주인공을 작가의 분신으로 묘사하는 자전적 서술방식은 토마스 만 문학의 주요 특징을 이루는 이원성을 문학적으로 형상화하는 데 가장 적절한 방법이었다. 왜냐하면 이원적인 심리적 갈등을 둘러싼 인간 내면의 복합성을 관찰하고 분석할 경우 자기 자신을 본보기로 하는 것보다 더 좋은 방법은 없을 것이기 때문이다. 이미 창작활동 초기에 토마스 만은 톨스토이에 대해 다음과 같은 의견을 밝힌 바 있다.

정말 위대한 시인들은 평생 아무 것도 새로운 것을 창안해 내지 않았다. 옛날부터 내려온 것을 그들의 영혼으로 충만시켜 새롭게 구현했을 뿐이다. 톨스토이의 작품들은 적어도 얼마 되지 않는 나의 작품들과 마찬가지로 엄격하게 자전적인 것이라고 나는 말하고 싶다.

괴테 역시 이념이 아닌 체험의 시인이라는 사실은 널리 알려져 있는 바인데, 토마스 만은 괴테를 끌어들여 이렇게 말한다.

내게는 항상 체험을 이용하는 것이 전부였다. 무(無)에서 새로운 것을 고안해내는 것은 결코 내 방식이 아니었다. 나는 내가 가진 재능보다 이 세계가 훨씬 더 천재적이라고 생각했기 때문이다.

이처럼 그는 괴테라는 거장에 기대어 자기 작품의 자전적 특성을 그 거장의 문학과 긴밀하게 결부시킴으로써, 자신을 독일문학사의 유구한 전통 속에 자리매김하고자 한다. 자전적 서술방식은 무엇보다도 주인공을 통해 작가 자신에 대한 가차 없는 통찰과 비판을 할 수 있기 때문에 그만큼 더 자기성찰적이기도 하다. 그러나 토마스 만 문학이 기본적으로 자전적인 요소를 지닌다고 하여 그것을 사실주의나 자연주의 문학의 범주에 넣을 수는 없다. 두 가지 점에서 그렇다. 먼저 직접적인 현실체험의 요소가 갖는 비중은 작품 전체에 비추어 극히 일부에 지나지 않고 거의 대부분 작가 자신의 내면세계가 창조해낸 것이기 때문에 그렇다. 다음으로, 작가의 직접적인 생활체험을 근거로 할 때에도 그것은 작가가 마주치는 제한된 현실의 차원에서가 아니라 보다 높고 보편적인 차원에서 재구성함으로써 직접체험과 다른 상징적인 의미를 가지도록 하기 때문이다. 토마스 만은 이를 가리켜 "시인을 만드는 것은 고안의 재능이 아니라 사물에 영혼을 불어넣는 재능"이라고 말한다. 『부덴브로크가의 사람들』에 대한 동시대 비평가 쿠르트 투홀스키의 다음과 같은 호의적인 비평은 이 점을 잘 지적하고 있다.

이 작품에는 새로 창조한 것은 거의 없고, 모두가 모사되었을 뿐이라고 생각할 수 있다. 그러나 놀라운 점은 뤼베크적인 것과 개인적인 것이 그렇게 보편적이고 인간적

인 것으로 심화되어, 그것이 모든 사람들에게 관계된다는
사실이다.

물론 이 작품 『부덴브로크가의 사람들』을 누구나 호평한 것
은 아니었다. 적대감을 갖는 사람도 많았다. 특히 깊은 모욕감
을 느낀 작가의 고향 뤼베크 시민들이 그랬다. 허구적 상황이
긴 하지만 작가가 그들을 작품 속에 그대로 노출시켰다는 이
유에서였다. 이 소설은 당시 뤼베크에서 불쾌함의 대명사가
되었고, 시민들은 작가 토마스 만을 뻔뻔스럽다고 비난하는가
하면 심지어는 뤼베크 시의 패륜아라고 매도하기까지 했다.
살롱과 카페에서는 소설 속의 등장인물 하나하나가 실제로 누
구누구의 초상인지에 대한 설명이 곁들여진 목록이 나돌기도
하였다. 이러한 비난에 대해 작가는 뮌헨의 한 일간지(1906년 2
월)에서 자전적 사실의 문학적 형상화에 대한 예술가의 권리와
소설미학의 원칙을 적극 항변한다. 그는 괴테와 투르게네프를
대표적인 예로 들면서 자신을 방어한다.

그 예들을 들자면 끝이 없다. 정 그렇게 하자면 문학사
전체를 인용할 수밖에 없다. 이반 투르게네프와 괴테만
보더라도, 그들 역시 물의를 불러일으킨 장본인들이었다.
괴테는 『젊은 베르테르의 슬픔』을 쓴 뒤 실존 인물 샬롯
테와 그녀의 남편의 명예를 훼손시킨 것을 해명하는 데

애를 먹었다. 투르게네프는 자신과 교분을 나눴던 영주들을 사냥비망록에 그대로 적음으로써 그들의 격분을 샀다. 자유롭게 '고안'해내기보다 오히려 주어진 현실을 창작의 근거로 삼는 강렬하고도 순수한 시인들에게 가장 위대한 이름이 주어진다는 것은 결코 우연이 아니다.

톨스토이나 괴테의 문학이 그들만의 개인적인 고백을 넘어 모든 사람들의 것이 되고 있듯이, 토마스 만 문학 역시 개인적 체험의 요소가 다분함에도 불구하고 현대를 살아가는 우리 모두에 관계될 수 있는 보편성을 띤다. 『마의 산』의 주인공 한스 카스토르프의 교육적 자기훈련이 주인공 개인의 문제로 축소되지 않는 것처럼, 또 『파우스트 박사』가 예술가 주인공 아드리안 레버퀸 개인의 고뇌를 넘어 20세기 독일(인)의 운명을 거대하게 형상화하고 있는 것처럼, 작품 『토니오 크뢰거』 역시 삶과 예술의 모순에 대한 주인공 개인의 갈등을 누구나 겪을 수 있는 보편적인 문제로 일반화시키고 있다.

작가 스스로 자신의 '베르테르'라고 명명한 바 있는 『토니오 크뢰거』는 작가에게 가장 근접해 있는 작품이라고 할 수 있다. 이 소설의 주인공 토니오에게서 작가의 자전적 성향들이 유달리 많이 발견되기 때문이다. 토니오는 청소년기를 작가의 고향인 뤼베크에서 보내고, 작가처럼 음악을 사랑하는 남국 태생의 어머니가 있으며 바이올린을 연주하고 나중에는 작가의 길로 들어선다. 토마스 만 자신의 말마따나 "이 작품은 나의 청춘기의 서정성을 용해하고 있는" 것이다. 주인공 토니오의 또래들과는 다른 성격, 문학에의 심취, 그로 인한 평탄치 않은 학교생활 등은 작가의 어렸을 적 모습 그대로이다. 한 예를 들어보자. 1882년 일곱 살 소년 토마스는 초등학교(그룬트슐레)에 입학한다. 3년 뒤 예비학교인 프로김나지움에 들어가 3년 동안 공부한 뒤 1889년 그 시초가 16세기로 거슬러 올라가는 유서 깊은 김나지움 '카타리노임'의 학생이 되었다. 프로이센 군대건물 풍으로 지어진 침침한 학교건물은 교회 바로 옆에 있었는데, 학창시절에 대한 토마스 만의 추억은 그리 좋은 것이 못되었다.

나는 학교가 싫었다. 그래서 끝까지 학교생활을 충실히 이행하지 않았다. 나는 학교를 무시했고, 권위주의적인 교장의 매너리즘을 비판했으며, 일찍부터 그들의 정신과 훈육, 수업방식에 대해 일종의 문학적인 반대 입장을 취했다. 나의 무관심은 아마 내 특이한 성장과정에 필수적인 요소였는지도 모른다. 다시 말해 빈둥거리며 조용히 책을 읽기 위해 더 자유로운 시간을 갖고 싶어 하는 나의 욕구나 오늘날까지도 여전히 시달려야 하는 내 정신의 깊은 권태 같은 것이 수업의 강박을 증오하고 수업을 무시하도록 했던 것이다. 나는 상인이 되기 위해 카타리노임의 실업반에 들어갔지만, 아마도 나의 정신적 욕구를 충족시키는 데는 인문학 교육과정이 더 적절했으리라 여겨진다.

토마스 만의 아들 클라우스 만의 회고록에서 우리는 이 시절 토마스와 형 하인리히의 학교생활을 보다 더 가까이에서 지켜볼 수 있다.

두 소년에게는 자랑할 만한 것이 없었다. 학교에서 두드러질 정도로 그들은 반항적이었고 성적도 나빴다. 최소한 체육이라도 뛰어나게 잘했더라면 모든 것을 눈감아주었을지도 모른다. 그러나 이 분야에서도 그들은 완전 구제불능이었다. 두 형제가 문학에 심취해 있다는 소문이 돌기도 했다.

당시 그 학교의 교사들 가운데 작가가 나중에 고맙게 생각한 단 한 사람은 독일어 담당 루드비히 베트케 선생이었다. 그는 학생들에게 프리드리히 쉴러 문학의 아름다움을 찬양하면서 그들의 머리를 일깨워주었다. 토마스 만은 나중에 뤼베크 시 700주년 기념해인 1926년 베트케 선생을 마지막으로 만난다. 이 마지막 만남을 토마스 만은 1931년에 다음과 같이 회상한다.

나는 5년 전에 뤼베크에서 김나지움 시절 독일어와 라틴어 교사이자 담임이셨던 선생님을 다시 만나 뵈었다.

나는 이미 은퇴하신 백발의 선생님께 '저에게서 항상 쓸
모없는 학생이라는 인상을 받으셨겠지만, 저는 선생님의
수업 때는 조용히 앉아서 아주 많은 것을 배웠습니다'라
고 말씀드렸다.

소년 토마스가 행한 최초의 문학적 시도, 즉 실패로 끝난
소설과 희곡의 습작은 그 시절에 시작되었다. 급우들 사이에
는 토마스가 '글을 쓴다'는 소문이 퍼졌고, 그 때문에 그는 괴
짜라는 별명을 얻었다. 토마스 만은 나중에 이 시절을 다음과
같이 회고한다.

나는 치기 어린 희곡들을 쓰기 시작해서, 그것을 부모
님과 아주머니들 앞에서 여동생들과 함께 직접 연출해 보
였다. 그 뒤로 사랑하는 친구에게 헌정하는 시가 나왔다.
그 친구는 소설 『토니오 크뢰거』에서 한스 한젠이라는 이
름으로 상징적인 삶을 얻었지만, 개인적으로는 훗날 술에
빠져 지내다가 아프리카에서 비극적인 종말을 맞이했다.

봄은 가장 끔찍한 계절
—『토니오 크뢰거』(2)

소설 『토니오 크뢰거』에서 작가는 먼저 이름을 가지고 시작한다. '토니오 크뢰거'라는 이름 자체가 벌써 이원적인 요소를 내포하고 있다. '토니오(Tonio)'라는 이름이 풍기는 남방적(비독일적)이고 예술적인 요소와 '크뢰거(Kröger)'라는 성(姓)이 가진 북방적(독일적)이고 시민적인 요소가 그것이다. 이 점은 다음과 같은 주인공과 여타 등장인물들의 대화에서 엿볼 수 있다.

한스가 그의 성을 부르며 말을 걸어왔기 때문에, 그는 일순간 목구멍이 죄어드는 듯한 기분이었다. '나는 널 크뢰거라고 부르는데, 그건 네 이름이 정말 이상하기 때문이야. 얘, 미안하다. 하지만 난 네 이름이 썩 마음에 들지 않는 걸 어떡하냐. <토니오>—이건 도대체 이름이 아니잖아. 하긴 그게 네 탓은 아니지. 아니고 말고!' 이 말에

임머탈이 맞장구쳤다. '네 탓은 아니야! 네 이름이 그런 인상을 주는 건 그게 이국적으로 들리는 데다 좀 유별나기 때문이야.' 토니오의 입은 실룩거렸다. 그는 정신을 바짝 차리고 이렇게 말했다. '그래, 어리석은 이름이지. 정말 나도 차라리 하인리히나 빌헬름이라는 이름으로 불릴 수 있으면 좋겠다. 정말이야. 그렇지만 내게 세례명을 물려주신 외삼촌 이름이 안토니오였기 때문에 그렇게 된 거야. 우리 어머니는 저 아래 남미에서 오셨거든…' 그러고 나서 그는 입을 다물어버렸다. 그의 이름을 한스가 좋아하지 않았던 것이다. 그 아이는 한스라는 이름이고 임머탈은 에르빈이라는 이름을 갖고 있다, 좋지, 그 이름들은 어느 누구에게도 이상한 생각이 들게 하지 않는 흔한 이름이 아닌가. 그러나 <토니오>는 어딘가 이국적이고 특별한 이름이었다. 그랬다. 그는 자기가 원하든 원하지 않든 모든 점에서 어딘가 유별난 데가 있었다. 그는 초록색 마차를 타고 유랑하는 집시 따위가 아니라 크뢰거 영사의 아들, 크뢰거 가문 출신임에도 외로웠으며, 정상적이고 평범한 사람들로부터 소외되어 있었다.

토니오의 이러한 또래집단으로부터의 소외와 고독은 작가 자신의 이력과 정확하게 일치한다. 이는 나중에 주인공 토니오가 여류화가 리자베타 이바노브나에게 보낸 다음의 편지글에 잘 나타나 있다.

아시는 바와 같이 저의 아버지는 북국인의 기질이었습니다. 생각이 깊고 철저하고 청교도주의를 신봉해서 정확하고 꼼꼼했으며 좀 우울한 편이었지요. 그런데 어머니는 확실치는 않으나 외국 혈통이 섞여서 아름답고 관능적이며 소박한, 또 자포자기적이고 정열적이며 일시적인 감정에 휘둘리는 사람이었습니다. 이러한 양친을 가진 저라는 존재는 의심할 여지도 없이 하나의 혼합입니다. 이 혼합은 비상한 가능성과 무서운 위험을 내포하고 있는 것이죠. 이 혼합에서 생겨난 것이 바로 예술의 세계로 길을 잃은 시민, 훌륭한 가정교육에 대한 향수를 지닌 보헤미안, 양심의 가책을 느끼는 예술가입니다.

그에 반해 한스 한젠과 잉에보르크 홀름은 평범한 그들의 이름과 성 만큼이나 시민적 삶과 반듯한 질서를 대변하는 인물들이다. 이들은 삶에 무해한 정상적이고 예의바른 시민생활을 영위하는 보통사람들의 표상이라 할 수 있다. 왜냐하면 토니오에게는 "한스가 모든 면에서 자기와 반대되는 대상으로 여겨졌기 때문이다. 한스는 우등생이었을 뿐만 아니라, 마치 영웅과도 같이 승마를 하고 체조를 하며 수영을 하는 씩씩한 사내 대장부였고, 모든 사람들에게 인기를 누리고 있었다. 선생님들은 대부분 애정을 가지고 그에게 호의적으로 대해 주었고, 그를 부를 때는 성이 아니라 이름을 불렀으며 온갖 방법으로 그를 잘 이끌어주려고 했다. 또 동급생들도 그의 환심을 사려고 애를 썼다. 길거리에서는 신사들과 귀부인들이 그를 붙잡아 세우고는 덴마크식 선원 모자 아래로 꼬불꼬불 삐어져 나온 소년의 연금발 머리카락을 만지면서 이렇게 말하는 것이었다. ‘안녕, 한스 한젠? 머리털이 참 예쁘기도 하네! 여전히 반에서 일등이지? 장한 녀석, 엄마 아빠한테 안부 좀 전해 줄래!’”

그러나 토니오는 이들과 반대되는 지점에 놓여 있다. 그는 한편으로는 예술을 운명으로 받아들이면서도, 다른 한편으로는 한스나 잉에처럼 평범한 시민적 삶을 즐기는 사람들을 끊임없이 동경한다. 그는 현실 위에 서서 우쭐대는 탐미적 소설가로서 보통사람들의 일상사에 대해 동경심을 가지면서도 항상 자신을 짓누르는 고독에 쫓겨 다닌다. 다시 말하면 토니오는 스스로 ‘양심의 가책’으로 고뇌하는 모순에 가득 찬 작가, 예술에 전념하기 위해 일상적인 삶을 회피하는 동시에 그러한 삶으로부터의 도피를 배반으로 느끼는 예술가이다. 그렇기 때문에 그에게 문학은 ‘직업이 아니라 운명으로 정해진 저주’이고, 문학 언어란 인간을 구원해 주는 것이 아니라 오히려 인간의 감정을 차갑게 만드는 것으로 여겨진다. 그에게 예술가는 자연으로부터 소외된 존재와 다를 바가 없다. 예술가는 무엇보다도 미적 효과를 얻기 위해 자연스럽고 따뜻한 가슴 속의 감정을 아이러니를 통해 억압하지 않으면 안 되기 때문이다. 토니오가 생각하는 진정한 예술가에게 “느낌이라는 것, 따뜻한 가슴에서 우러나오는 느낌이라는 것은 언제나 진부하고 쓸모없는 것이다. 오로지 예술가들의 불안, 초조감과 차가운 도취만이 예술적인 것이다.” 이러한 토니오의 남다른 예술관은 그가 ‘이마에 뚜렷이 보이는 반점’ 혹은 ‘이마에 새겨져 있는 낙인’을 지녔다는 식으로 표현되기도 한다. 한 예술가가 이마에 반점과 낙인을 새겨 가지고 있지만 평범한 인간으로서 일상생활을 어떻게 영위해 나가는가, 이것이 토마스 만이 생각하는 예술가가 극복해야 할 근본적인 문제이다. 주인공 토니오는 고립된 세계 속에서 나름대로 예술관을 정립해 나간다. 그는 진정한 의미의 예술가가 되기 위해 외부의 모든 것과 접촉을 단절한 채 단지 창조 그 자체만을 궁극적인 목표로 삼고 창작에만 몰두한다. 생활을 아는 사람은 진정한 예술가가 될 수 없고, 진정한 예술가가 되기 위해서는 일상적인 생활로부터 완전히 분리되어 일체의 인간적인 것들을 소멸시켜야 한다고 생각하는 것이다. 그에 의할 것 같으면 예술가란 항상 인간외적이고 비인간적인 어떤 존재가 되어야 하고, 인간적인 것으로부터 특이하게 떨어져 있는 국외자적인 관계에 서야 한다. “예술가가 인간이 되어 느끼게 되는 날에는 예술가로서는 끝장”이기 때문이다.

이처럼 예술과 삶을 별개의 영역으로 나누는 토니오의 관점은 이바노브나와의 대화에 잘 드러나 있다. 어느 화창한 봄날 토니오가 리자베타의 화실에 찾아와서 말한다. 자기가 화실로

오는 도중에 친구인 단편소설가 아달베르트를 만났는데, 그 친구는 봄이 가장 끔찍한 계절이라고 말하면서 '계절의 변화와는 무관한 중립지대, 고귀한 착상들만을 떠올릴 수 있는 고상한 영역'인 카페로 가 버렸다는 것이었다. 그 소설가 친구는 도무지 봄에는 아무 일을 할 수가 없는데, 왜냐하면 봄에는 냉정한 정신으로 꿰뚫어보거나 인식하지 못하고 보통사람처럼 느끼고 감상적으로 되기 쉽기 때문이라는 것이었다. 여기서 토니오는 리자베타에게 아달베르트의 그러한 태도에 공감을 표하면서 이렇게 말한다.

'봄은 가장 끔찍한 계절이야'라고 말하면서 그 친구는 카페로 가 버렸어요. 실은 저도 봄에는 신경질적으로 됩니다. 저 자신도 봄이 일깨워주는 갖가지 추억과 감정의 아름다운 비속성 때문에 혼란에 빠집니다. 단지 그 때문에 감히 봄을 욕하고 경멸할 수 없을 뿐이죠. 봄에는 일이 잘 안 됩니다. 틀림없지요. 왜 그럴까요? 사람들이 느끼기 때문입니다. 창작하는 사람이 느껴도 된다고요? 바보들만이 그렇게 생각하지요. 양식과 형식, 그리고 표현을 위한 재능을 지니고 있다는 것은 이미 인간적인 것에 대한 차갑고 까다로운 관계를, 그래요, 무엇인가 인간적인 결핍과 황량함을 전제로 하는 것이거든요. 어쨌든 확실한 것은 건강하고 힘찬 감정은 몰취미하다는 사실입니다. 이것을 아달베르트가 깨달은 거지요. 그 때문에 그는 카페로, 계절에서 멀리 떨어진 카페로 간 겁니다.

그러나 리자베타는 예술과 삶이 서로를 인정하며 자연스럽게 공존해야 할 것이라고 말하면서, 예술과 삶을 서로 병존하는 영역에 속하는 것으로 간주한다. 그녀가 보기에 토니오 크뢰거라는 예술가는 비록 예술의 세계로 길을 잃기는 했지만, 그저 있는 그대로 선량한 한 시민임에 분명하다. 그럼에도 불구하고 예술과 평범한 삶의 모순적 관계에 대한 토니오의 분열된 태도는 여전히 아달베르트처럼 순수한 예술가적 속성을 잃지 않기 위해 현실을 완전히 떠나지도, 그렇다고 리자베타의 생각도 받아들이지 않는 어정쩡한 상태에 머문다. 예술과 삶의 문제적 관계, 즉 예술가는 자신의 삶과 예술을 병존시킬 수 없는 것일까 라는 물음은 여기에서 생겨난다.

삶과 예술의 경계선
—『토니오 크뢰거』(3)

　　예술과 삶은 어떤 관계가 있는가? 도대체 예술이라는 것은 삶을 위해 무엇을 할 수 있기나 한 것인가? 『토니오 크뢰거』는 처음부터 끝까지 귀찮지만 그냥 지나칠 수 없는 이러한 근본적인 물음을 묻는다. 이 작품을 읽는 독자라면 누구나 예술가의 존재라는 문제에 관심이 쏠릴 수밖에 없다. 사회 속에서 예술가들이 차지하는 자리는 어디이며, 그들은 어떤 방식으로 사회와 연결되어 있을까? 예술, 특히 문학작품은 그것이 독자 대중 앞에 공개되어—토니오의 말대로 설사 그것이 "실수로 알려진 것"이라 할지라도—일단 독자들에게 받아들여지고 난 다음에는 크든 작든 나름의 영향을 끼치게 된다. 그것이 작가의 일방적인 주장이나 변명이든 아니면 세계에 대한 심미주의적 묘사이든, 모름지기 문학작품은 독자들로 하여금 작품 속의 인물과 사건들을 관찰하게 하고 그것에 대한 독자 나름의 평가를 거쳐 자기 삶에 반영하게 하는 것이다.

토니오와 리자베타, 이 두 사람의 예술관 중에서 작가 토마스 만은 어느 쪽의 손을 들어주고 있는가? 결론부터 말하자면 예술과 삶의 상호관계에 관한 한 리자베타의 입장과 태도가 더 설득력이 있는 것으로 생각된다. 예술가가 현실을 떠나 자기만의 세계에 몰두하고 외부의 모든 것을 거부한다면, 진정한 예술가로서의 의미는 이미 어느 정도 퇴색한 것이라고 여겨도 좋을 것이다. 동서고금을 막론하고 예술이 삶을 바탕으로 하고 있다는 데 이의를 제기할 사람은 아무도 없다. 또한 예술가 역시 하이데거적 의미에서 '세계 내(內) 존재'임을 부인할 사람은 아무도 없다. 예술가들은 창작활동을 통해 어떤 형태로든 삶을 반영하지 않을 수 없기 때문이다. 따라서 문제는 예술이 삶을 반영하느냐 반영하지 않느냐가 아니라, 어떻게 반영하고 어떻게 형상화하느냐 하는 것이다. 만약 예술가 스스로 창조의 영역과 삶의 영역을 분리시킨다면, 그것은 그들이 예술가이기 이전에 세계 내 존재임을 부정하는 것이라고 해야 할 것이다. 말할 것도 없이 진정한 예술가라면 '초록색 마차를 타고 유랑하는 집시 따위'가 아니라고 자신을 한계 짓는 선민의식이 아닌 치열한 작가적 소명의식을 가지고 있어야 한다. 이 점을 의식하기라도 하듯 작가는 소설 뒷부분으로 갈수록 예술과 삶 사이의 모순과 대립을 완화시키려 노력한다. 작품 후반부에서 토니오는 북쪽 그의 고향 쪽으로, 또 더 올라가 덴마크와 헬싱키까지 여행을 떠난다. 덴마크 쪽은 북방의 시민적 삶의 특성을 잘 대변해 주고 있다. 이곳은 엄격하고 삶에 충실했던 그의 아버지 세대가 속했던 곳이고, 삶에 대한 어린 시절의 사랑이 속한 곳이기도 하다. 토니오는 그곳에서 평범한 삶을 살아가는 파란 눈과 금발을 가진 사람들에 대한 자신의 평범한 사랑을 되찾는 것처럼 보인다. 그리고 행복감을 느낀다. "왜냐하면 그의 마음이 살아났기 때문이었다. 그가 지금의 자신이 되기까지 지난 세월 동안 무슨 일이 있었던가? 그것은 무감각과 황폐화, 차가움, 그리고 정신과 예술이 아니었던가!" 토니오는 덴마크에서 리자베타에게 보낸 긴 편지의 말미에서 삶에 대한 그의 사랑을 스스로에게 다짐한다.

> 마음속 아주 깊은 곳에 있는 아무도 모르는 나 혼자만의 사랑은 금발과 파란 눈의 사람들, 생동하는 밝은 사람들, 행복하고 사랑스럽고 일상적인 사람들에게 바쳐진 것입니다.

이처럼 작품 종반부로 갈수록 토니오는 인간의 삶을 표현해야 할 작가가 실제 삶 속에 들어가지 않는 데 대해 심한 양심의 가책을 느끼게 된다. 예술가 역시 인간적인 감정을 완전히 배제할 수 없다는 사실을 새삼 깨닫게 되면서 평범한 인간으로서의 갈등과 고뇌를 경험하는 것이다. 완벽한 창조자로 탈

바꿈하기 위해서는 일체의 인간적인 것들을 포기해야 한다고 생각해왔던 토니오는 고립된 예술의 세계에 혐오감을 느끼면서 다시금 평범한 삶을 동경한다. 이런 가운데 떠나게 되는 어린 시절의 추억이 담긴 북쪽으로의 여행은 그로 하여금 예술가로서 단절해 왔던 일상과 마주하고 범속한 삶에 대한 깊은 사랑이 되살아남을 느끼게 하는 결정적인 계기가 된다고 할 수 있다. 특히 여행길에서 우연히 한스와 잉에의 행복한 모습을 목격했을 때, 그는 일상적인 삶에 대한 동경과 사랑이 되살아남을 절실하게 느낀다. 그러면서 스스로 그동안 예술가의 숙명이라고 여겨왔던 삶과 예술의 분리의 고통을 완전히 극복한 것 같은 느낌에 빠지기도 한다. 그러나 당연한 이야기지만, 예술가가 평범하고 일상적인 삶을 동경하고 확인한다는 것은 그가 일상적인 삶에 매몰됨을 의미하는 것은 아니다. 예술가의 삶은 일상적일 수 있겠으나, 일상적인 삶 자체가 예술은 아니기 때문이다.

예술가와 예술가가 아닌 일반인은 근본적으로 차이가 있으며 또 있어야 한다. 완전히 현실을 떠난 예술가는 있을 수 없겠지만, 예술가가 인간적인 삶의 감정을 예민하게 인식하고 형상화해낼 수 있기 위해서는 오히려 적나라한 삶의 현장으로부터 어느 정도 거리를 둘 수 있어야 한다. 소설 속에 피력되어 있듯이 "인간적인 것에 동참하지 않으면서 인간적인 것을 온전하게 표현해내기 위해서는" 삶과의 완전한 단절이 아닐지라도 어느 정도 거리를 유지하는 것은 피할 수 없기 때문이다. 앞서 말했지만, 다행스럽게도 소설 마지막 부분에서 토니오는 이와 같은 진정한 예술가의 중간자적 위치를 깨달은 것처럼 보인다. 삶과 예술의 경계선에서 어느 한 쪽에만 일방적으로 속할 수 없는 토니오의 모습은 운명적으로 창조의 고통을 겪게 되어 있는 예술가의 참모습이라고 할 수 있다. 삶에 대한 사랑이 더 이상 예술가 기질을 파괴하지 않을 뿐더러 오히려 모종의 결실을 가져올 것이라는 토니오의 확언에 찬 다짐으로 이 작품은 대단원의 막을 내린다.

이 사랑을 욕하지 마세요, 리자베타! 그것은 선량하고 결실을 가져다 줄 사랑입니다.

서구 계몽적 지식인, 문명글쟁이
— 『마의 산』(1)

　『마의 산』은 제1차 세계대전을 전후하여 역사와 사회를 보는 작가 토마스 만의 변화된 시각의 궤적을 파노라마처럼 기록한 거대한 장편소설이다. 주인공 한스 카스토르프의 의식화를 둘러싸고 여러 인물들이 이념의 각축전을 벌이고 있는 이 작품에서 누구보다도 관심을 끄는 인물은 주인공 카스토르프와 그의 교육자 중의 한 사람인 세템브리니이다. 전형적인 서구 계몽적 지식인이라고 할 수 있는 세템브리니는 사회의 진보적 발전에 의무감을 느끼는 지식인상의 대표자이다. '죽음에 대한 공감'을 떨쳐내고 '삶과 인간에 대한 사랑'을 지향하는 이 작품의 대주제와 관련시켜 보았을 때, 그는 그러한 대주제를 위해 창조된 인물이라고 할 수 있다. 그에 반해 주인공 한스 카스토르프는 진보와 보수, 인식과 실천의 어느 한 쪽에 함부로 쏠리지 않고 끊임없이 양자 사이를 유영(遊泳)하는 중도적인 인물이다. 작품 곳곳에서 강조되는 그의 성격상의 '평범함'은 그가 어느 한 쪽으로 개성이 고착되어 있지 않음을 보여준다. 세템브리니는 유연하고도 수용적인 이 주인공에게 줄곧 '인문적 교육자'로서 뚜렷한 인상을 남기고 있다. 이 인문주의자가 내세우는 절대명제는 '인류의 진보'이다. 그에 의하면 르네상스 이후 인류의 진보는 '인격과 인권과 자유'라는 세 가지 이념을 쟁취하는 쪽으로 전개되어 왔다. 따라서 마의 산과 다를 바 없는 결핵요양원(베르크호프)이 뿜어내는 죽음의 유혹에서 헤어나지 못하는 카스토르프는 세템브리니에게는 삶의 의무를 망각한 '인생에 패배한 자'로 비쳐질 수밖에 없다. 이 '인생의 걱정거리 자식'인 카스토르프가 마의 산의 유혹을 대표하는 인물 중의 하나인 쇼샤 부인에게 빠져 있을 때 세템브리니는 그에게 노골적으로 경고한다.

> 이 늪에서, 이 마녀의 섬에서 빨리 빠져나가게. 자네가 오디세우스라도 여기서 무사히 지낼 수는 없을 걸세. 곧 네 발로 기게 될 거야. 저 봐, 벌써 앞다리가 땅에 붙으려고 하네. 곧 짐승 소리로 울부짖을걸. 제발 조심하게!

세템브리니가 보기에는 아무 생각 없이 병과 죽음의 세계에 머물러 있는 요양원의 사람들, 특히 아픈 곳도 없으면서 가벼운 피로를 이유로 혹은 그저 요양생활을 즐기기 위해 여기에 머무는 사람들은 하멜른의 쥐잡이 사나이 뒤를 따르는 무리처럼 철저하게 자신의 의지를 상실한 삶의 기피자들이다. 그가 설교하는 죽음과 삶의 상관관계는 이러하다.

죽음에 대해 유일하게 건강하고 고귀하며 또 '종교적'이기도 한 유일한 관찰방법은 죽음을 삶의 일부분, 부속물, 신성한 조건으로 생각하고 느끼는 것입니다. 죽음은 삶의 요람, 곧 갱신의 모태일 때 존엄한 것입니다. 그렇지만 삶에서 떨어져나갈 때 죽음은 유령으로, 혐오스러운 모습으로, 또 한층 더 사악한 것으로 변해 버립니다. 왜냐하면 죽음이 정신적으로 독립된 힘일 때는 극도로 방종한 것이어서 그 부도덕한 매력이 아주 강함에 틀림없지만, 그 힘에 동조하는 것이 인간 정신의 가장 무서운 착오를 의미한다는 것도 의심할 여지가 없기 때문입니다.

육체와 정신의 관계 또한 마찬가지여서 육체가 둔감과 나태, 병과 죽음의 원리를 대표하는 한 그것은 멸시되어야 한다. 그러나 "육체의 해방과 아름다움, 감각기관의 자유, 행복과 쾌락이 추구될 경우에는 오히려 육체가 존중되고 옹호되어야 한다." 이렇게 삶을 긍정하고 삶에 대한 적극적 봉사를 찬미하면서 세템브리니는 세기말에서 20세기 초까지 독일 지식인 사회를 덮친 데카당스적 경향에 정면으로 맞선다.

서구적 계몽주의자로서 세템브리니의 뚜렷한 윤곽은 무엇

보다도 그의 정치적 휴머니즘에 입각한 문학관에 잘 나타난다. 그에 의하면 문학이 인간의 고뇌를 대상으로 삼는 한 문학의 의의는 아름다운 품성의 함양 같은 것에만 있지 않다. 오히려 인문주의와 정치를 결합시키는 데 문학의 의의가 있다. 인문주의 자체가 이미 정치이고 정치는 바로 인문주의이기 때문에, 이 두 부문의 결합은 문학을 통해 자연스럽게 실현될 수 있다는 것이다. 세템브리니의 실천적 문학관은 여기서 시작되는데, 그 핵심은 아름다운 말이 필연적으로 아름다운 행위를 낳는다는 믿음에 있다. 다시 말해서 "아름답게 쓴다는 것은 아름답게 생각하는 것과 같은 의미로, 거기에서 아름다운 행동을 하는 것까지는 그리 멀지 않다"는 것이다. 그에 따라 세템브리니는 "정신을 담는 그릇이자 진보의 도구, 빛나는 쟁기"인 아름다운 말, 곧 문학을 최고의 예술로 치는데, 이러한 문학의 정신, 곧 인간존중의 정신은 다음과 같이 '문명'이라는 개념에 통합된다.

모든 교화와 도덕적 완성은 문학의 정신, 즉 인간존중의 정신에서 생긴다. 이 정신은 휴머니티와 정치의 정신이기도 하다. 그렇다. 이것들은 원래 하나의 동일한 힘, 동일한 이념이기 때문에 '하나의' 명칭으로 묶을 수 있다. 어떤 명칭으로 말인가? 그것은 바로 '문명'이다!

그런데 특이하게도 세템브리니의 문학정신은 음악에 대한 그의 부정적 견해와 두드러지게 대조를 이룬다. 2주일마다 일요일에 요양원 테라스에서 열리는 음악회에 세템브리니가 뒤늦게 모습을 나타냈을 때, 카스토르프는 그에게 음악을 좋아하지 않느냐고 묻는다. 세템브리니는 카스토르프에게 음악예술 일반에 대한 근본적인 반감을 다음과 같이 피력한다.

나는 음악에 대해 정적주의의 의구심을 품고 있어요. 한마디로 음악에 대해 정치적인 혐오감을 갖고 있다고 할 수 있지. 음악은 사람을 감격시키는 마지막 수단으로서 그 가치를 헤아릴 수가 없다고 생각은 해. 하지만 역시 문학이 음악보다 앞에 있어야 하지. 음악만으로 세계는 앞으로 나갈 수가 없기 때문이야. 그렇기 때문에 음악만으로는 위험하다고 봐. 음악은 눈을 뜨게 하지. 그런 점에서 음악은 도덕적이야. 예술이란 눈을 뜨게 하는 한 도덕적인 것이기 때문이지. 그러나 그 반대의 경우는 어떨까? 음악이 우리를 마비시키고 잠들게 하며 우리의 활동성과 진보를 방해한다면 말이야. 음악은 그렇게도 할 수 있는 거야. 마취제는 악마적인 것이지. 마취제는 둔감과 집착, 무위와 노예적 정지를 만들어내기 때문이야.

그런데 토마스 만에 의하면 이렇게 세템브리니처럼 정치적 휴머니즘에 편향되어 음악을 불신하는 인문적 교육자는 결코 존경의 대상이 될 수 없다. 그런 자는 기껏 '글쟁이'는 될 수 있어도 진정한 '시인'은 될 수 없기 때문이다. 직접 거명되고 있지는 않지만 여러 정황증거로 미루어 그의 형 하인리히 만을 지칭함에 분명한 이 글쟁이 — 정확하게 말하면 '문명글쟁이'[9] — 에 대한 토마스 만의 태도는 결코 호의적이지 않았다. 문명글쟁이 같은 사람들이 독일을 서구적 의미의 민주주의로 변모시키려 획책한다면 그것은 독일적 본질의 정수를 빼앗는 꼴이 될 것이며, 그로 인해 독일적 본질은 따분하고 우둔한 것, 곧 '비독일적인' 것으로 화하고 만다는 것이다. 그럼에도 불구하고 이 작품의 결말부분을 포함하여 세템브리니라는 인물 유형에 대한 작가의 시각은 친근감을 담고 있기도 하다. 전체적으로 반어적인 음조를 띄고 있긴 하지만, 세템브리니에 대한 작가의 인간적인 호감은 다음과 같은 카스토르프의 독백에 일부 반영되어 있다.

그런데도 저는 당신이 좋아요. 당신은 허풍쟁이 손풍금 장이지만 마음이 선해요. 당신은 저 날카롭고 키 작은 예

---

[9] 앞서 잠깐 언급했듯이, 토마스 만은 전쟁이 발발하자 작품 『마의 산』을 잠깐 중단하고 600여 쪽에 이르는 방대한 시평집 『비정치적 인간의 고찰』(1918) 집필에 몰두한다. 이 시평집 제3장의 제목이 「문명글쟁이」인데, 저자에 의하면 이는 "급진적인 글쟁이"라는 의미이다. 그는 이 '글쟁이(Literat)'라는 칭호를 [진정한] 시인(Dichter)'에 대립되는 멸칭으로 사용하고 있다. 『토니오 크뢰거』의 주인공이 리자베타에게 보낸 편지에도 이와 같은 취지의 구절이 나온다. "왜냐하면 만약 글쟁이를 시인으로 만들어주는 무엇인가가 존재한다면, 그것은 인간적인 것, 생동하는 것, 일상적인 것에 대한 저의 시민적 사랑, 바로 그것일 테니까요."

수이트파 테러리스트보다는 마음씨가 선량합니다. 저는 당신이 더 좋아요. 물론 당신네들이 논쟁을 벌일 때에는 거의 항상 그가 옳지만요.

이 작품에 투영된 세템브리니에 대한 이러한 작가의 이중적인 시각은 서구 문명을 대하는 작가 토마스 만의 착잡한 속내를 엿볼 수 있게 해 준다. 세템브리니를 독일에서는 보기 드문 계몽적이고 진보적인 지식인의 한 유형으로 긍정적으로 그려 나가다가도, 어느 틈에 비독일적인 글쟁이쯤으로 희화화시키고 마는 것이다.

평범성, 삶의 총체성
—『마의 산』(2)

진보적 계몽주의자로서 뚜렷한 개성을 갖고 있는 세템브리니에 비해 주인공 한스 카스토르프의 성격은 평범 그 자체이다. 그가 평범한 인물이라는 점은 이례적으로 작품 곳곳에서 언급된다. 현대소설의 주인공이 비범한 인물이 아니라 평범하고 일상적인 인물이라는 것은 특별히 이야기할 필요가 없는데도, 굳이 주인공의 평범성이 도처에서 강조되고 있는 것이다. 예컨대 개인과 시대의 상관관계와 주인공의 평범성에 관한 다음의 구절을 보자.

인간은 개인생활을 영위할 뿐 아니라, 의식하든 안하든 자기 시대와 그 시대를 함께 살아가는 사람들의 생활을 해 나간다. 단순히 주어진 범위를 넘어서는 의미 있는 일을 하기 위해서는 드물게 영웅적이고 다소곳한 고독과 직접성 혹은 아주 힘찬 활력을 필요로 한다. 한스 카스토르프는 그 어느 쪽에도 해당되지 않았다. 이런 의미에서 그는 역시 평범했다고 할 수 있다.

그러나 작중 일인칭 화자가 평한 대로 카스토르프가 비록 시대와 사회현실에 별다른 요구나 관심이 없는 인물이라 하더라도, 그를 그저 단순하고 평범한 성격의 소유자라고만 할 수도 없다. 그렇게 단정 짓기에는 그의 성격이 너무나 복합적이다. 평소 그가 즐기는 생활감정은 앞으로 나아가는 동시에 그 자리에 서 있는, 변화하면서도 단조로운 되풀이를 하고 있는, 또 반쯤은 꿈을 꾸는 듯하고 반쯤은 사람을 불안하게 만드는 야릇한 느낌이었다. 그것은 한마디로 '습관화된 일시적인 미결상태'라고 할 수 있다. 이러한 일시적인 미결상태의 생활감정은 요양원에 들어간 뒤에는 그곳의 느슨한 분위기로 말미암아 더욱 강화된다. 이제 카스토르프는 죽음과 삶, 병과 건강, 정신과 자연, 보수와 진보 등 마의 산이 토해내는 갖가지 모순의 한가운데 서서 중도의 자유로움을 만끽하는 것이다. 그러나 이 자유로운 중도적인 태도는 실천적 결단과 행동의 전(前)단계가 아닌 그저 추상적인 관념, 쇼샤 부인의 표현을 빌려서 말하자면 "독일적인 생각"으로 나타날 뿐이다. 이 점은 작품 전체를 꿰뚫는 삶과 죽음의 대립성과 변증법적 지양이라는 명제에서 쉽게 확인된다. 세템브리니와 나프타가 벌이는 삶과 죽음에 대한 극단적으로 대립되는 논쟁의 십자포화 속에서 한스 카스토르프가 내리는 결론은 다음과 같다.

> 삶에 이르는 길은 두 갈래가 있다. 하나는 흔히 볼 수 있는 직접적이고 평범한 길이고, 다른 하나는 좋지 않은 길, 곧 죽음을 넘어가는 길이다. 이 죽음을 넘어가는 길이야말로 천재적인 길이다.

진정한 삶에 이르는 길은 '죽음을 넘어가는 길'이라는 카스토르프의 인식은 그가 마의 산에서 오랜 '연금술적 교육'에서 얻어낸 최종 결론이다. 그러나 죽음이 지배하는 요양원에 대한 심정적 공감과 이 형이상학적인 인식은 사실상 양립할 수 없다. 또 카스토르프의 행동에 그러한 인식 혹은 결론이 어떤 구체적인 실천을 가져올 것이라는 기미도 없다. 그는 일체의 행동을 유보한 채, 난마처럼 얽힌 인식의 미로 속을 끝없이 헤매고 있을 뿐이다. 사촌 요아힘 침센으로부터 요양이나 제대로 하라는 충고를 들으면서도, 카스토르프는 여전히 서로 대립되는 관념들의 포로가 되어 있는 것이다. 그의 이러한 부동(浮動) 상태는 소설이 거의 끝날 무렵까지 계속된다. 요양원은 관념적으로는 그에게 연금술적 고양이 이루어지는 천재적인 공간으로 여겨지지만, 실상은 그렇지 않음을 그는 부인하지 않는다.

한스 카스토르프는 주위를 둘러보았다. 그의 눈에 비친 것은 무섭고 마적인 현상들뿐이었으며, 이것들이 무엇을 의미하는지 그는 알고 있었다. 그것은 시간을 망각한 생활, 걱정도 희망도 없는 생활, 분주해 보이지만 실제로는 침체되어 있는 방종한 생활, 한마디로 그것은 죽은 생활이었다.

이 '마의 산' 한가운데에 중간적인 인물 한스 카스토르프가 서 있다. 그는 사업과 허무주의, 희망과 절망과 같은 사회적 모순상황들 속에 굳이 휘말려 들어가고 싶어 하지 않으며 가능한 한 그러한 대립상황들로부터 등거리를 유지하려 한다. 격변하는 역사의 과도기에서 이데올로기적 망명이라고 할 수 있는 이러한 중간입장은 진보와 보수에 대한 그의 유동적인 태도에 잘 나타나 있다. 세템브리니의 가계에 대해 듣고 난 뒤 자기 할아버지와 세템브리니의 할아버지가 각각 속한 두 개의 세계에 대한 카스토르프의 느낌은 이렇다.

북방의 할아버지와 남방의 할아버지는 두 분 다 언제나 검은 옷차림이었는데, 그것으로 두 할아버지는 모두 당신들의 세계와 타락한 현재 사이에 엄격한 거리를 두고자 했다. 한 쪽 할아버지는 과거와 죽음을 위해 경건한 심정으로 검은 옷을 입었고, 다른 쪽 할아버지는 경건함과 적대관계에 있는 진보를 위해 검은 옷을 입었다. 정말로 이 두 분은 두 개의 세계, 두 개의 방향이었다고 한스 카스토르프는 생각했다.

이 두 세계 혹은 두 방향의 중간쯤 되는 지점에서 양쪽을 번갈아 음미하며 바라보고 있는 카스토르프의 중간자적 위치는 몇 년 전 뱃놀이 장면의 기억 속에서 더욱 생생하게 확인된다.

저녁 7시경이었다. 해는 벌써 서산에 지고 둥근 달이 휘영청 동쪽 기슭 숲 위에 떠 있었다. 한스 카스토르프가 고요한 물 위를 노 저어 가노라니 혼란스럽고 몽환적인 상태가 하늘을 10분가량 지배하고 있었다. 서쪽 하늘은 아직 밝은 낮이어서 유리같이 차고 분명한 낮의 빛이 퍼져 있었지만, 눈길을 동쪽으로 돌리니 거기에는 서쪽과 똑같이 선명하지만 촉촉한 안개로 둘러싸인 아주 매혹적인 달빛이 펼쳐져 있었다. 이 기묘한 상태는 15분 남짓 계속되다가 달밤의 세계로 변했다. 한스 카스토르프는 명랑한 놀라움에 사로잡혀 넋이 나간 채 눈길을 이쪽의 빛과 풍경에서 저쪽의 빛과 풍경으로, 낮에서 밤으로, 다시 밤에서 낮으로 옮겼다.

이 해질녘 하늘의 낮과 밤의 공존, 잠시 지속되는 햇빛과 초저녁달의 몽환적인 상태는 진보와 보수에 대한 카스토르프의 중도적인 태도를 시각적으로 잘 형상화해 주고 있다.

그러나 한스 카스토르프라는 인물은 뭐니 뭐니 해도 '보수적인 성실성' 혹은 '보수적인 분위기'를 타고난 인물임에 틀림없다. 이 보수적인 기질 때문에 그는 어떤 제도나 질서가 오래 지속되어 왔다는 이유만으로 존중받아 영속할 만한 가치가 있다고 생각한다. 게다가 그는 현존 상태나 제도가 앞으로 무한하게 계속될 것으로 생각하는 경향이 있어 변화를 열망하지 않는다. 그에게 있어 예컨대 조국애라는 것은 질서애와 동의어이기 때문에, 조국 이탈리아의 독립을 위한 혁명전사였던 세템브리니의 할아버지는 '음산하고 정열적이며 선동적인 주모자나 모반자'로 비쳐진다. 세템브리니 할아버지의 활동에는 통일과 독립을 위한 조국애가 강하게 결합되어 있었음을 세템브리니로부터 전해 들으면서도, 카스토르프에게는 이 '선동성과 애국심의 혼합'이 도무지 이해가 되지 않는 것이다. 설사 그가 세템브리니의 이야기를 경청하고 이성과 진보에 대한 견해를 호의적으로 받아들이는 것처럼 보였을지라도, 그것은 나프타와 세템브리니 사이에서 균형을 유지해야 한다는 의무감에서 비롯된 제스처에 지나지 않는다. 카스토르프에게는 진보라는 것도 시간과 영원의 대립 속에서 상대적인 개념으로 이해될 뿐이다. "왜냐하면 진보는 시간 속에서만 존재하며 영원 속에서는 진보라는 정치적 웅변은 존재하지 않기 때문이다." 따라서 그가 양비론의 입장에서 두 교육자 세템브리니와 나프타로부터 등거리를 유지하는 것은 그로서는 최선의 선택이라고 할 수 있다. "그가 보았을 때, 우리가 화해적으로 인간다운 것이라든지 인간적이라고 부르는 것은 논란이 되고 있는 양극단, 곧 웅변의 인문주의와 문맹의 야만성 한가운데 어디쯤 있으리라고 여겨지는데도, 두 사람은 극단적인 경우를 둘러싸고 집요하게 싸우는 것이었다."

한스 카스토르프는 이 소설의 주인공이지만 그의 성격상의 아이덴티티는 무엇이라고 꼬집어 말할 수가 없다. 이 무엇이라고 꼬집어 말할 수 없는 애매모호함이 그의 개성이라면 개성이다. 여기서 우리는 주인공 한스 카스토르프와 주변인물들 사이의 특수한 역학관계에 주목하게 된다. 괴테의 『빌헬름 마이스터의 수업시대』 이래 독일 교양소설[10] 의 등장인물은 그 역할에 따라 크게 두 쪽으로 나눌 수 있다. 그런데 기이하게도 이 두 쪽의 관계는 쌍방통행이 아니라 일방통행적이다. 그중 한 쪽은 작품의 중심을 이루는 주인공인데, 이 주인공의 교양(성장) 역정을 둘러싸고 다른 쪽 인물들이 필수불가결한 교육자적 촉매 역할을 한다. 이들은 나름대로 수준을 갖춘 교육자들이며, 주인공의 인간적 성숙에 기여하는 데서 그들의 존재의

---

[10] 독일어로 'Bildungsroman'. '형성소설' 혹은 '성장소설'이라는 의미이나, 흔히 '교양소설'로 번역된다. 한 개인이 자아를 찾아 온전한 사회의 일원으로 성장(형성)해 가는 과정을 다루는 독일 문학 특유의 장편소설 장르이다. 괴테의 『빌헬름 마이스터의 수업시대』를 원조로 고트프리트 켈러의 『초록의 하인리히』, 토마스 만의 『마의 산』, 헤르만 헤세의 『데미안』 등이 이 소설 장르에 속한다.

의미를 찾는다. 따라서 교양소설의 등장인물은 일방적으로 주는 쪽(주변인물)이든가, 아니면 일방적으로 받는 쪽(주인공) 둘 중의 하나로 그 역할이 고정되어 있다고 할 수 있다.

이와 같은 등장인물 상호간의 특수한 영향관계에 입각해서 보자면, 독일 교양소설에서는 이야기를 이끌어 나가는 주체가 누구인지 종잡을 수가 없다. 소설의 중심에는 엄연히 주인공이 있지만, 실질적으로 줄거리를 엮어나가는 인물은 그가 아닌 다수의 주변인물들이기 때문이다. 그런 점에서 주인공은 소설의 주된 인물이 아니라 오히려 부차적인 인물이라고도 할 수 있다. 더욱이 교양소설의 주인공이 대체로 수동적인 성격의 소유자라는 점을 감안하면 그가 부차적인 인물일 가능성은 더욱 커진다. 그러나 이렇게 교양소설의 주인공이 보는 각도에 따라 작품의 주된 인물일 수도 부차적인 인물일 수도 있다는 것은 삶의 총체성을 보여주기 위해 교양소설의 작가가 선택하는 고도의 서술전략이라고 봐야 한다. 왜냐하면 삶의 다종다양한 모습은 확고하고 완결된 성격을 통하는 것보다 삶에 대해 수용적이고 유연한 태도를 지닌 인물을 통해 더욱 포괄적으로 형상화될 수 있기 때문이다. 『마의 산』의 작가는 이러한 서술전략을 숨기지 않고 작품의 처음과 마지막에서 화자의 입을 통해 솔직하게 밝히고 있다. 이 소설의 맨 첫부분 「일러두기」는 이렇게 시작한다.

　우리가 여기서 하고자 하는 한스 카스토르프의 이야기
는 한스 카스토르프 때문에 하는 것이 아니고, 상당히 이
야기할 만한 가치가 있어 보이는 이야기 그 자체를 위해
서 하는 것이다. (그러나 이것은 그의 이야기라는 것, 그리고 누
구에게나 일어나는 그런 이야기가 아니라는 것, 이 점은 그를 위해
서라도 말해 두지 않을 수 없다.)

　또 소설의 마지막 부분에서 화자는 같은 취지로 다음과 같
이 쓰고 있다.

　우리는 이야기 그 자체를 위해서 이야기한 것이지, 자
네를 위해서 이야기한 것은 아니었다. 그러나 결국 이것
은 자네의 이야기였다.

눈(雪)
—『마의 산』(3)

이처럼 한스 카스토르프로 하여금 주인공이면서도 이야기의 중심에서 밀려나도록 하고 있는 특이한 인물배치는 그의 성격 설정에 직접적인 영향을 미친다. 서구적 계몽주의자로서 세템브리니의 뚜렷한 윤곽은 말할 것도 없고, 이 작품의 주요 등장인물들은 모두 분명한 자기 색깔을 가지고 있다. 현역군인으로서 '평지'로 내려가기 위한 요양이 평지에서의 임무 수행을 대체하여 급기야 제2의 천직이 되어 버린 사촌 침센, 죽음과 해체의 영역을 자유분방하게 넘나드는 쇼샤 부인, 세템브리니와 극단적으로 대조되는 인물로서 프롤레타리아 혁명과 반동적인 이념을 겸비하는 등 그 실체가 베일에 가려져 있는 나프타, 그리고 종잡을 수 없는 인물이기 때문에 더욱 비합리적이고 그만큼 더 생명력이 넘치는 삶의 신비주의자 페퍼코른, 이들은 인간 내면 깊숙이 잠재되어 있는 단면들을 제각각 반영하기 때문에 모두 뚜렷한 개성의 소유자라고 할 수 있다. 그러나 이들의 성격은 뚜렷한 만큼 제각기 특정 부면에 한정되어 있기도 하다. 그에 반해 이들이 투사하는 빛을 한 몸에 쬐며 그들로부터 '연금술적 교육'을 받고 있는 '인생의 걱정거리 자식' 한스 카스토르프는 어떠한가?

여기서 우리는 또다시 그가 평범한 인물이라는 점을 생각해 내지 않을 수 없다. 그는 세템브리니와 나프타, 침센과 쇼샤부인 그리고 페퍼코른에 비해 특성이 없는, 그렇기 때문에 더욱 다층적인 성격의 소유자이다. 이 다층적인 평범성이야말로 그의 단점인 동시에 장점이기도 하다. 인간 내면의 잠재력을 총체적으로 인식하여 그것을 실천적 의지로 결집할 수만 있다면 그의 평범성은 더 이상 평범한 것이 아니다. 하지만 한스 카스토르프에게서 우리는 일단 이 점을 기대할 수가 없는 것으로 보인다. 비록 다층적이기는 하나 그의 평범성은 오히려 애매모호한 것이라고 함이 더 정확할 것이기 때문이다. 그렇다면 결단력이 없고 행동을 꺼리는 한스 카스토르프와 같은 인물 유형, 즉 세템브리니에 공감하지만 나프타의 선동에 이데올로기적으로 무방비상태인 그의 '존경할만한' 평범성에서 우리는 어떠한 가능성을 읽을 수 있을까? 이 소설의 백미라 할 수 있는 유명한 「눈」 장(章)에서 일말의 해답을 찾아낼 수 있다고 본다. 그것이 꿈과 같은 환영(幻影)이었든 아니었든 카스토르프는 거대한 눈보라가 휘몰아치는 극한상황에서 인간 존재의 본질에 대해 철저하게 숙고해 보았음에 틀림없다. 이를테면 인간 존재는 고귀한 두뇌의 자유와 마음속에 경건함을 지니고 있어 죽음과 삶보다도 더 고귀하다는 것, 모든 대립되는 생각은 인간에 의해 생겨나기 때문에 가장 고귀한 것은 역시 인간뿐이라는 것, 그러므로 "인간은 선과 사랑을 위하여 죽음에다 사고의 지배권을 넘겨주어서는 안 된다"는 것, 이러한 인식은 너무나 당연하고도 올바른 깨달음이다. 그러나 여기서 눈여겨보아야 할 것은 눈보라가 몰아치는 설원을 벗어나 요양원으로 돌아오자마자 그가 이러한 인식 자체를 송두리째 망각해 버린다는 사실이다. 요양원에 귀환한 직후 그의 기억 속에는 기이하게도 아무 것도 남아 있지 않다.

저녁식사는 왕성한 식욕으로 먹어 치웠다. 그가 꿈꾸었던 것은 퇴색되어 가기 시작했다. 그가 생각했던 바는 이미 그 날 저녁에 더 이상 제대로 이해할 수 없는 것이 되어 버렸다.

이러한 반어적 상황은 「눈」 장 이후에도 계속된다. 그가 깨달은 바는 어디까지나 추상적 인식의 차원에서만 제시될 뿐, 어디에서도 현실로 구체화될 기미를 보이지 않는다. 더구나 「눈」 장이 결말이 아닌 소설의 중간부분에 자리 잡고 있고, 그 뒤에 전개되는 이야기는 오히려 그의 삶의 하강국면을 보여주기 때문에 그러한 반어성은 한층 심화되는 듯하다. 「눈」 장 후 「청천벽

 오직 하나의 독일을

력」과도 같은 전쟁의 발발과 그의 참전 그리고 뒤이은 전사의 암시로 소설이 대단원의 막을 내릴 때까지 그는 방향감각을 상실한 채 현실에 대해 낯선 존재로 남아 있는 것이다. "사물의 정신적 그림자에 대해서는 군림하듯 갖가지 몽상에 잠기던 그도 사물 그 자체에 대해서는 주의를 기울이려 하지 않았다."

이렇게 하강의 측면에서 카스토르프의 삶의 역정을 조망한다면, 마의 산에서 그는 결국 「거대한 둔감」 속에 빠져 무의미한 죽음을 맞이하며 「눈」 장의 낙관적 이념은 주인공의 삶에 어떠한 구체적인 결과도 가져오지 못했다고 해야 한다. 그러나 다른 한편 「눈」 장에 보이는 낙관적인 영상이 그의 의식에 계속 영향을 끼치고 있다는 점에 무게를 둔다면, 그의 발전은 지속적인 상승곡선을 그린 것이라고 해석할 수 있다. 그는 고도로 상징화되어 있는 눈 속의 환영을 통해 무한한 비상의 나래를 폈으며, 그 덕에 가곡 「보리수」를 통해 결말부분에 다시 한 번 나타나는 죽음에 대한 낭만주의적 공감도 뛰어넘은 것처럼 보인다. 그렇다면 조심스럽게 자문하는 소설의 마지막 문장은 허무와 죽음을 초월한 사랑의 제국을 향한 작가의 기대 섞인 바람을 반영하고 있다고 해도 무방할 것이다.

세계를 뒤덮은 죽음의 향연 속에서도, 비 내리는 밤하늘을 붉게 물들이는 사악한 열병의 욕정 속에서도 언젠가는 사랑이 솟아날 것인가?

파우스트가 독일적이려면 음악가여야
— 『파우스트 박사』(1)

작가 스스로 "이 책을 좋아하지 않는 사람을 나 역시 좋아
하지 않으리라"고 할 만큼 각별한 애착을 가지면서도 "가장
섬뜩하고 가장 대담한" 작품이라고 자평했던 『파우스트 박사』
는 '독일소설'이다. 독일소설이라 함은 독일과 독일인의 운명
에 관한 소설이라는 의미이다. 이 작품은 독일의 전통적인 민
담의 소재인 파우스트 설화를 제재로 파시즘(나치즘)의 광기로
파탄에 이른 독일과 독일인의 운명을 다룬 시대소설이자, 아
드리안 레버퀸이라는 천재 음악가[11]를 주인공으로 내세운 예

---

[11] 아드리안 레버퀸의 천재성은 소년시절의 그를 묘사함에 있어 빼놓을 수 없는 요소이다. 음악
선생 크레치마에게 보내는 편지에서 아드리안은 이렇게 쓰고 있다. "김나지움에 다닐 때 저에
게는 45분의 수업시간이 너무 길었습니다. 지루했습니다. 지루함이야말로 세상에서 가장 재미
없는 것이지요. 저는 늦어도 15분 후면 다 이해했는데, 자상하신 선생님께서는 다른 아이들을
위해 30분을 더 쓰셨습니다. 제가 대답을 못한 때가 있었다면, 그것은 오로지 제가 미리 앞서
가서 이미 다음 수업을 생각하고 있었기 때문입니다. 15분간 한 가지 과목만 파는 것도 제 인

술가소설이다.

토마스 만은 누구보다도 시대현실을 외면하지 않은 정치적 신념이 강한 작가였다. 그의 작품 속에는 시대현실에 대한 그의 정치적 신념이 잘 녹아 있다. 스스로 "파시즘의 심리학"이라고 불렀던 중편소설 『마리오와 마술사』(1930)와 마찬가지로, 만년의 대작 『파우스트 박사』에는 시대에 대한 그의 비판적인 시각이 예리하게 반영되어 있다. 이는 특히 이 소설 속에 구사된 이중의 시간 개념에 잘 나타난다. 이 작품에서 작가가 사용하는 서술수단 중 가장 특징적인 것은 주인공의 생애를 바로 기술하지 않고 제레누스 차이트블롬(Serenus Zeitblom)이라는 그의 가장 가까운 친구를 해설자(나)로 내세워 서술하도록 하고 있다는 점이다. 따라서 작가는 일반적인 소설이 아니라 소설형식을 빌려 한 독일 작곡가의 자서전을 쓰고 있는 셈이다. 나중에 작가가 술회하고 있듯이 "이 작품이 해설자를 내세움으로써 얻을 수 있었던 것은, 서술내용을 이중적 시간의 차원으로 흘러가게 해 놓고 해설자가 주인공의 일대기와 현실의 사건들을 다성적으로 교차시키도록 할 수 있다는 점이었다. 해설자는 멀리서 울려오는 포탄 소리와 내면의 경악으로부터 손을 덜덜 떨면서 자신의 보고를 이중적으로, 그러나 명료하게

내심에는 너무 심한 부담이었고, 그래서 뇌통이 생기기도 했습니다. 공부가 힘들어서 뇌통이 생긴 적은 한 번도 없습니다. 권태와 지루함이 원인이었습니다."

해설해 나가는 것이다." 그러니까 해설자가 글을 쓰고 있는 서술시간, 즉, 조용히 친구 아드리안에 대한 기억들을 종이에 옮기고 있는 시간은 "조국 독일의 파멸을 잉태한 배가 흉하게 불러오는 시간"이며, 구체적으로는 제2차 세계대전이 막바지로 치닫던 1943년부터 1945년까지이다. 그에 반해 아드리안 레버퀸의 연대기가 전개되는 때(서술된 시간)는 "지난 전쟁(제1차 세계대전)이 발발하기 22개월 전인 1912년 가을"로 되어 있다. 이 이중의 시간 개념과 관련하여 이 소설이 갖는 시대비판적인 의미에 관해서는 1943년 5월 작품 구상을 적은 작가의 최초 메모를 통해 짐작할 수 있다. 작가의 이 메모에서 토마스 만은 히틀러 나치제국의 파멸에 대해 직설적으로 언급한다.

정신적·영혼적 파시즘, 인간적인 것의 폐기, 폭력과 피의 욕구, 잔혹, 진리와 정의의 디오니소스적 부정, 본능과 일체의 구속을 벗어난 '삶'에의 몰입. 이러한 삶은 원래 '죽음'이다. 비록 그것이 삶이라고 하더라도 그것은 악마의 작품, 독(毒)이 낳은 삶에 지나지 않는다. 파시즘은 악마의 힘을 빌려 시민적 생활양식에서 벗어난 상태로 고양되며, 그러한 벗어남은 도취의 상태로 자만심과 초인의 모험을 통해 뇌기능 마비와 정신적 죽음에 이어 신체적 죽음에 이르고, 결국 '죄의 대가'를 치른다.

잘 알려져 있는 대로 토마스 만 문학에는 음악이 큰 비중을 차지한다. 그가 음악과 독일정신의 관계를 얼마나 긴밀하게 연관시키고 있는가는 1945년에 행한 강연 「독일과 독일인」에서 괴테의 파우스트가 독일정신을 대표하려면 음악적이어야 한다는 그의 발언 속에 함축적으로 담겨 있다.

파우스트가 독일정신의 대변자가 되려면 그는 음악적이어야 할 것입니다. 왜냐하면 세계에 대한 독일인의 관계는 추상적이고 신화적인, 곧 음악적인 것이기 때문입니다.

토마스 만은 또 독일정신의 본질 중의 하나를 사변적 내면성이라고 규정하고, 독일문화에서는 이 사변적인 요소가 사회·정치적 요소보다 우위에 있다고 본다. 그러면서 사변적 요소가 사회·정치적 요소를 압도하여 순수사변에 몰입할수록 독일문화는 비극적 자기모순에 빠져듦을 역사적으로 논증한다.

음악은 부정적 징후를 가진 기독교적 예술입니다. 그것은 가장 정확하게 계산된 질서인 동시에 혼돈을 머금은 반(反)이성이며, 넋을 불러내는 마법의 제스처를 지닌 숫자의 마법이기도 합니다. 음악은 예술 중에서 현실과 가장 거리가 멀면서 가장 열광적인 예술이며, 추상적이고 신화적입니다.

　　음악의 추상적이고 관념적인 성격과 그것의 독일정신과의 상관관계는 토마스 만의 작가의식의 근간을 이룬다. 『파우스트 박사』에서도 이 점이 특별히 강조되고 있다. 작중화자이자 해설자인 '나'는 우선 프랑스에서는 문학이, 독일에서는 음악이 대중의 사랑을 받았다고 보고, 그 이유를 음악만이 가질 수 있는 특성에서 찾는다. 주인공의 음악선생 벤델 크레치마에 의하면 "음악은 근본적으로 관능을 멀리하는 성격이라서, 거기에는 금욕적 성향이 은밀하게 내재되어 있다. 실제로 음악은 모든 예술 가운데 가장 관념적인 예술이며, 음악만큼 형식과 내용이 융합되어 완전히 하나가 되는 예술은 없다는 사실이 이를 증명한다. 사람들은 흔히 음악이 '귀에 호소한다'고 하지만 이는 전적으로 맞는 말은 아니다. 청각은 다른 감각과 마찬가지로 정신적인 것을 전달하고 받아들이는 대체기관일 뿐이다. 음악은 어쩌면 듣거나 보거나 느끼는 대상이라기보다 가능하면 감각을 초월한 곳에서, 심지어 기분까지도 초월한 순수관념의 세계에서 수용되고 관찰되기를 원할지도 모른다. 이런 음악은 귀를 통해 모든 감각을 자극시키고, 소리의 쾌락이 색과 냄새의 쾌락과 하나로 녹아 아편과도 같이 정신에 스며든다. 음악의 본질은 우주에 비견된다. 음악의 기본요소는 이 세상을 형성하는 가장 단순한 초석이며, 음악과 우주 사이의 일치성은 이미 지난날 어느 철학적인 예술가가 — 이번에도 바그너 이야기였다 — 현명하게도 자신의 음악에 이용했다."

　이처럼 음악은 현실과 가장 거리가 먼 추상적이고 내면적인 예술이기 때문에 가장 독일적이다. 따라서 파우스트가 음악가일 때 비로소 독일정신을 대변할 수 있다는 토마스 만의 말은 음악과 독일정신의 마적인 관계를 상징적으로 요약하고 있는 셈이다. 독일인의 본질 속에는 비합리적이고 마적인 힘이 내재되어 있고, 이 무서운 마적인 힘의 대표적인 예가 바로 히틀러 나치즘이다. 이 작품의 주인공 아드리안 레버퀸의 비극적인 몰락은 그대로 히틀러 제3제국의 몰락이며, 그것은 독일인의 자기비판을 촉구하는 허구적인 이야기 장치라고 할 수 있다.

파시즘 미학의 온상
—『파우스트 박사』(2)

주인공 아드리안 레버퀸의 지적 성장과정에는 처음부터 가치관의 혼돈과 왜곡이 동반된다. 선과 악, 문명과 야만, 자유와 예속, 진보와 복고 등의 가치관이 뒤섞인 가운데 은연중에 파시즘 미학이 싹트고 있는 것이다: 이 작품에서 그러한 가치관의 혼돈과 왜곡의 양상은 여러 곳에서 관찰되는데, 특히 카이저스아셔른이라는 가상의 도시와 할레 대학 신학부 슐렙푸스 교수의 강의, 그리고 뮌헨의 크리트비스 씨 살롱의 사교모임에서 두드러지게 나타난다.

먼저 부유한 농민의 아들 아드리안 레버퀸이 삼촌의 보호 아래 그의 죽마고우인 '나'와 함께 김나지움을 다닌 카이저스아셔른이라는 가상의 도시이다. 중세적 특징을 그대로 간직하고 있는 이 도시에서 소년 아드리안은 어린 시절부터 과거와 현재가 뒤섞여 혼미한 도시의 분위기를 깊이 호흡한다. 카이저스아셔른은 비텐베르크와 같은 종교개혁의 본거지였던 도시들의 중심부에 위치해 있는데, 음악과 아드리안의 첫 대면은 여기에서 시작되며 이 도시의 마력에서 그는 평생 풀려나오지 못한다. 이 카이저스아셔른의 정령이 그를 과거의 망령들이 소생하는 할레로 인도하여 거기서 신학을 접하게 만든 뒤, 이어 본격적으로 음악을 공부하게 되는 라이프치히에서 매독에 감염시킴으로써 악마의 덫에 빠지게 하는 것이다. 카이저스아셔른의 정령은 아드리안의 수도사풍의 필체와 표현방식에 되풀이해서 나타나며, 그의 음악 속에서도 살아 숨 쉰다. "그것은 결코 달아날 수 없는 음악, 납골당의 냄새가 배어 있는 특징적인 음악, 즉 카이저스아셔른에서 나온 음악이었다." 이와 관련하여 다음과 같이 주인공과 '나'가 함께 자란 이 카이저스아셔른이라는 도시의 시공간적 특징에 대한 묘사는 매우 상징적이다.

이 도시의 외관이나 분위기에는 중세의 특징이 매우 강하게 남아 있다. 오래된 교회, 옛 모습을 그대로 간직한 주택, 성내의 둥근 탑과 뾰족지붕들은 과거와 줄곧 연결되어 있는 듯한 느낌을 불러일으킬 뿐 아니라, 스콜라 철학에서 말하는 '영속하는 현재'라는 개념을 내걸고 있는 듯하다. 그러나 이 도시의 대기 중에는 웬지 15세기 말엽의 정서에 고착된 듯한, 중세 말기의 히스테리였던 유행

성 정신질환이 잠복해 있는 듯한 기운이 있었다. 상식적이고 정상적인 현대도시에 대해 이런 말을 하면 이상하고 함부로 말하는 것처럼 들릴지 모르겠지만, 이곳에서는 갑자기 어린이 십자군 운동이 일어나거나 '성자로 자처하는 간질병 환자'가 십자가의 기적이 나타났다느니 하는 이상적이고 공산주의적인 설교를 하며 주민들을 이리저리 끌고 다니는 일을 상상하기가 어렵지 않았다.

여기서 우리가 어린이 십자군 운동에서 히틀러 유겐트를, 성자로 자처하는 간질병 환자가 십자가의 기적 운운하며 주민들을 현혹시킨다는 데서 히틀러 나치즘의 광신적 대중선동을 연상하기란 그리 어렵지 않다. 나치즘의 광기가 지극히 상식적이고 정상적인 현대도시의 대기 속을 마치 중세 말기의 히스테리처럼 떠다니고 있는 것이다. 그런데 이 카이저스아셔른이라는 소설 속의 도시는 그 이름은 비록 허구이지만 그 시·공간적 특성에 관한 구체적인 묘사로 미루어 볼 때 순전히 가상의 도시는 아니다. 왜냐하면 강연문 「독일과 독일인」에서 토마스 만은 고향도시 뤼베크가 카이저스아셔른의 모델임을 강하게 암시하고 있기 때문이다. 다음 구절을 보면 양자가 거의 일치됨을 알 수 있다.

이것이 유서 깊은 도시 뤼베크입니다. 발트해 연안에

자리 잡은 뤼베크는 한때 한자동맹의 주요도시로서 12세기 중엽 이전에 이미 그 토대가 세워졌으며, 13세기에 들어와 바바로싸 황제로부터 자유시로 승격받았습니다. 저의 가친이 시 참사회 위원으로서 출입했던 지극히 아름다운 시청 건물은 마르틴 루터가 비텐베르크 교회 성문에 반박문을 내걸었던 해, 그러니까 바야흐로 새 시대가 열리려던 무렵에 완공되었습니다. 그러나 종교개혁가 루터가 사고방식이나 영혼의 형태로 보아 매우 중세적인 인간이었고 더욱이 살아생전에 악마와 끊임없는 투쟁을 벌였던 것과 마찬가지로, 신교 도시인 뤼베크와 심지어는 비스마르크 제국의 공화적 구성체였던 그 후의 뤼베크 역시 중세 고딕시대의 깊숙한 분위기 속에서 허우적거렸습니다. 여기서 제가 생각하는 것은 성문과 성벽들이 들어찬 첨탑이 솟아 있는 도시의 입상이나 마리엔 교회 안에 그려진 죽음의 무도화에서 풍겨 나오는 우스꽝스럽고 섬뜩한 전율, 아직도 옛 수공업자 조합원들, 이를테면 종을 주조하는 사람들이나 백정들의 이름을 따서 불리곤 하던 그 후미지고 저주받은 듯한 골목길, 또는 그림처럼 아름다운 서민주택들만이 아닙니다. 그렇습니다. 그 분위기 자체에는 15세기 후반께나 있음직했을 인간 정서의 어떤 끈끈한 찌꺼기, 즉 중세 말기의 히스테리나 정신질환의 잠재성 전염병 같은 것이 남아 있었습니다. 이성적이며 냉철한 현대 상업도시로서는 이상한 말이 되겠지만, 이런 분위기 속에서는 갑자기 무리를 지은 맹아들의 운동이나 무도병,

민족의 신비한 움직임과 더불어 일어나는 십자가의 기적에 대한 흥분, 또는 이와 유사한 정신현상들이 예견될 수 있었습니다. 간단하게 말하자면 고풍적이고 신경질환적인 토대와 영혼의 비밀스런 정신상태가 감지될 수 있었던 것입니다. 이런 것을 보여주는 인물들은 그 도시에 늘 웅거했던 수많은 '기인들', 즉 자신의 벽 속에서 살고 있던 중세의 낡은 건물들과 마찬가지로 지역 특성에 속하는 괴짜들이나 세상일에 어두운 반정신병자들이었습니다.

한편 할레 대학의 종교심리학 강사 에버하르트 슐렙푸스 박사는 자유주의 신학이라는 미명 하에 독신(瀆神)과 야만의 독설을 거리낌없이 쏟아낸다. 그에 대해 '나'는 신학은 그 성격상 악마학이 될 가능성이 있고 악령의 힘이 인간 삶에 미치는 영향을 부인하지는 않겠지만, 그런 것은 자기와는 절대 무관하기 때문에 자기의 세계관에서 그런 생각은 완전히 배제되어 있다고 단언한다. 문학박사로서 독일 인문주의의 후예답게 자기는 지하세계의 존재들과 어울리려 하거나 그들을 불러내려는 만용, 아니면 그들 쪽에서 자기에게 접근을 시도할 때 가벼운 손짓이라도 해 보이고 싶은 마음이 털끝만큼도 없었다는 것이다. 그러나 사실 천재성이라는 빛나는 영역에는 위협적일 만큼 이성을 초월하는 악령의 힘이 차지하고 앉아서 언제나 지하세계와 섬뜩한 관계를 유지하고 있음을 인정해야 할지도 모른다는 것이 '나' 차이트블롬의 솔직한 고백이다. '나'의 사유는 음악을 중심으로 계속 이어진다. 음악은 대단히 논리적이고 또 도덕적으로도 엄격한 것 같지만 사실은 그런 인상을 줄 뿐 실제로는 그렇지 않다, 음악은 오히려 혼령의 세계에 속한다고 하는 편이 더 정확할 것이다, 고매하고 교육적인 정신세계와 거기에 다가가기 위해 위험을 감수해야 하는 혼령의 세계 사이에 명확하고도 안전한 경계를 그을 수는 없지 않은가, 아무리 순수한 자비와 기품으로 충만된 세계라 할지라도 지하세계와 접촉함으로써 얻을 수 있는 고무적인 힘이 필요하지 않다고 어떻게 말할 수 있겠는가, 문화란 원래 무서운 어둠의 존재들을 신의 반열에 올려 숭배하는 행위 혹은 그 어둠의 존재들을 달래는 경건한 행위가 아닌가, 그러므로 '나' 차이트블롬이 보기에 슐렙푸스의 강의는 신학이 악마학으로 화할 수 있음을 보여주는 매우 좋은 사례이다. 슐렙푸스는 세계와 신에 대한 악마적인 해석을 심리학적으로 조명하고 있으며, 신성모독을 신에 의해 저질러지는 것으로, 악마적인 것은 성스러운 것에 내재된 필수적인 요소로, 따라서 성스러운 것은 거부할 수 없는 악마적인 것의 유혹으로 본다. 그에 따를 것 같으면, 악마적인 것은 신의 성스러운 존재를 구성하는 데 없어서는 안 될 요소이기 때문에 원래 신에게서 유래하는 것이며, 악덕은 죄를 지을 자유이고, 그 자유는 창조 행위 자체에 내재되어 있다는 것이다. 이상의 슐렙푸스의 강의를 요약하면 다음과 같다.

악은 우주를 완벽하게 만드는 데 기여를 했다. 그러므로 악이 없었더라면 이 우주는 완전하지 못했을 것이다. 여기서 완벽이라는 것은 완전하게 선한 것이 아니라 모든 측면에서 또 서로의 본질을 강화한다는 의미에서 완벽한 것을 말한다. 악은 선이 있었기에 더 악했고 선은 악이 있었기에 더욱 선했다. 선이 없었더라면 악은 악이 아니었을지도 모르고 악이 없었더라면 선 또한 선이 아니었을지도 모른다. 따라서 신은 악행이 일어나기를 원하지 않을 뿐만 아니라 악행이 일어나지 않기를 바라지도 않는다. 원하든 원하지 않든 신은 그저 악의 존재를 허용할 뿐이다. 이렇게 하는 것이 완벽을 기하는 태도다. 그러므로 신은 세상을 세상답게 하기 위해 악을 함께 창조해야 했고, 이 세상은 부분적으로 악마의 영향에 내맡겨져야 했다⋯

가치관의 혼돈에서 비롯되는 파시즘 미학의 세 번째 온상은 당시 독일문화의 중심지 중의 하나였던 뮌헨 슈바빙 지역의 크리트비스 씨 살롱 모임에서 유명 지식인들이 보여준 '유미주의와 야만성의 유착관계'이다. 그중에서도 다니엘 추어 회에라는 시인은 이 유미주의와 야만성의 왜곡된 유착관계를 노골적으로 보여주는 인물이다. 그는 '수사처럼 목이 높은 검은 옷을 입고 나폴레옹처럼 손을 가슴에 넣기를 좋아하는' 수척한

30대 젊은이로서, '잔혹한 성전을 통해 순수정신에 종속된 세계, 공포와 숭고한 규율에 의해 순수정신이 지배하는 세계'를 꿈꾼다. 열광적인 테러리즘에 입각해서 쓴 그의 시 「포고」의 끝부분이 "병사들이여! 나는 제군들에게 약탈할 권한을 부여하노라. <u>이 세상을</u> 약탈할 권한을!"로 되어 있다든가, 이 포고령의 주체가 '크리스투스 임페라토어 막시무스(Christus Imperator Maximus)'라는 터무니없이 거창한 이름으로 되어 있는 것은 다니엘 추어 회에라는 젊은 시인의 정신세계가 얼마나 폭력으로 일그러져 있는가를 단적으로 보여준다.[12] 그런데 종교적 광신주의와 테러리즘을 선동하는 이 시를 두고 한마디로 '미학적 해악'에 지나지 않는다고 폄하하는 '나'를 제외한 여타 크리트비스 살롱 회원들은 이 시를 진지하게 높이 평가한다. 이에 대해 '나'는 유독 본인이 시인과 작품에 반감을 갖게 된 것을 부

---

[12] '크리스투스 임페라토어 막시무스'라는 이름에서 '크리스투스(=그리스도)'는 신과의 동격을, '임페라토어'는 제국주의를, '막시무스'는 무조건적인 복종을 의미한다. 다니엘 추어 회에는 20세기 초 독일의 대표적인 정신적 귀족주의 시인이었던 슈테판 게오르게의 추종자이자 탐미주의자, 그리고 열렬한 전쟁예찬론자였던 시인 루드비히 데얼레트를 모델로 했다. 토마스 만은 데얼레트의 광신적인 집회에 실제 참석했던 체험을 1903년 『예언자의 집』이라는 소품으로 작품화한 적이 있다. 제1차 세계대전을 전후하여 게오르게는 부르좌 정신이 드러내는 '비형식적인 천박함'과 '현실의 고상하지 못한 소음'을 차단하는 미의 세계를 복원하고자 했다. 그렇게 하기 위해 게오르게는 '유익한 독재'가 가능한 밀교적인 서클에서 지도자로 살려고 했다. 1930년대 초 한때 히틀러를 '새로운 영도자'로 칭송하던 그는 곧 나치즘을 멀리 하게 된다. 그가 나치즘을 혐오한 이유는 그들이 저지른 비인도적인 행위 때문이 아니었다. 오히려 나치즘 폭력의 비엘리트적인 방식, 즉 자신의 엘리트적 영도 사상이 나치에 의해 더럽혀졌다고 생각했기 때문이었다. 소설 『파우스트 박사』의 시대적 배경을 고려하면, 이 다니엘 추어 회에라는 인물은 히틀러 나치즘의 부상을 암시한다.

당하기 짝이 없는 그들 살롱 회원들의 문화비평에 신경이 날카로워진 탓이라고 얼버무리고 있는 것 같지만, 실제로 '나'가 하고 싶은 말은 보다 더 깊은 데 있는 것으로 보인다. 그것은 '나'가 그들 지식인들에게서 당시 "시대의 맥"이었던 파시즘에 대한 잠재된 욕구를 읽었기 때문이다. "시대의 책"으로 칭해진 소렐의 『폭력론』에 대한 이 문화비평가들의 열렬한 공감이 그것을 말해준다. 이 책은 제목 그대로 「진리에 역행하여 승리를 거둔 빛나는 폭력에 관한 글」이었다.

살롱 회원들은 이 책을 통해 진리의 운명은 개인의 운명과 비슷하거나 똑같다는 것을, 다시 말해서 개인과 진리 모두 그 가치를 상실했다는 사실을 깨달았다. 그 책은 힘과 삶과 공동체의 논리가 진리보다 훨씬 더 우월하고 그것이 진리가 추구하는 목표라는 것, 그러므로 공동체의 일원이 되고자 하는 자는 언제라도 진리와 학문을 과감히 도려내고 지성을 희생시킬 각오를 해야 함을 은연중에 일깨워 주고 있었다.

그 책에 의하면 앞으로 다가올 새 세계는 옛 시대의 혁명적 반동이 새로운 형태로 활개치는 세계, 그러니까 자유·정의·진리·이성 등 개인을 중시하는 이념과 결부된 가치들이 완전히 힘을 잃고 배척되거나 상대화되어 폭력과 권위주의 및 독선에 의해 재단되는 세계이다. 그런 세계에서는 위생학의 관점도 원초적인 것으로 화하여 "내버려두고 포기하고 단념하고 단순화하려는 경향을 합리화함"으로써 "대규모의 환자 방치도, 생명력이 약한 사람과 정신이 박약한 사람들을 죽이는 일도 민족과 종족의 위생학적 관점에서 정당하게 행해질 것"이라고 한다. 따라서 그 시대는 "중세 기독교 문명보다 훨씬 앞으로 되돌아간 시대가 될 것이고, 고대문화가 붕괴된 이후 중세 기독교 문명이 형성되기 전의 암흑시대를 다시 부를 것"이었다. 이상이 소렐의 『폭력론』의 대강 내용인데, 그러나 '나'가 보기에 문제는 히틀러의 인종정책을 방불케 하는 이 책의 이러한 폭력성 자체가 아니었다. 크리트비스 살롱 회원들이 말하는 투, 곧 인식의 즐거움에 치우친 그들 지식인들의 유미주의와 야만성의 유착이 문제였던 것이다. '그들'의 어투에 대한 '나'의 유감은 이렇다.

그들 스스로 진단 결과에 조금만 더 놀라워했더라면, 또 이에 도덕적인 비판을 가했더라면 나는 정말 고마웠을 것이다. 가령 그들은 이렇게 말할 수도 있었다. '불행하게도 심상치 않은 일이 닥칠 것 같습니다. 그러니 대책을 세워야 합니다. 앞으로 닥쳐올 사태에 대해 경고하고, 그런 사태를 저지하기 위해 각자 최선을 다해야 합니다.' 하지만 그들의 실제 말투는 이런 식이었다. '그렇게 됩니다. 그래 되고말고요. 그렇게 되면 우리는 최고의 순간을 맞이하게 될 겁니다. 이건 흥미진진한 일이고, 어쩌면 좋은 일인지도 모릅니다. 우리는 그걸 인식하고 즐기기만 하면 됩니다. 그런 사태를 막는 것은 우리가 할 일이 아니니까요.

파국의 시대 악마는 어디에나 존재한다
—『파우스트 박사』(3)

소설『파우스트 박사』가 그 제목에 걸맞으려면, 중세 파우스트 설화가 그랬듯이 악마와의 계약과 그에 따른 파국이 있어야 한다. 악마와의 계약은 소설 중간쯤에 나오는 주인공과 악마의 대화 중에 이루어지는데, 작품 전체가 이 악마와의 계약과 주인공의 비극적 종말을 향해 축조되어 있다고 해도 과언이 아니다. 그러나 악마는 이 대화 장면에서 정식으로 모습을 드러내기 이전에 벌써 작품 곳곳에 각기 다른 형태로 자기의 존재를 과시한다. 여기에는 파국의 시대에 악마는 어디에나 존재하기 마련이라는 작가의 비관적 시대관이 짙게 깔려 있다. 악마를 곳곳에 존재시키기 위해 작가는 '시도동기'라는 서술기법을 사용하는데, 그것은 바그너 음악의 창작기법에서 따온 것이었다.

토마스 만 문학의 서사적 시도동기를 이해하기 위해서는 먼저 그와 바그너의 관계, 그리고 바그너의 음악적 시도동기에 대해 간략하게나마 알아볼 필요가 있다.

토마스 만이 자기 문학의 기둥으로 꼽은 이른바 '세 개의 성좌'는 괴테, 바그너, 니체였다. 이 셋 중에서 그가 가장 위대한 독일적인 예술가로 꼽은 사람은 단연 바그너였다. 토마스 만은 바그너와 그의 예술에 관해 수없이 많은 평론과 자전적인 에세이, 서간문을 썼는데, 이는 마치 그가 평생 바그너만을 생각하고 살아왔나 싶을 정도이다. 심지어 그는 바그너에 관해 이런 말까지 한 적이 있다.

> 독일인은 괴테와 바그너 중에서 한 사람을 선택하지 않으면 안 된다. 양자는 공존하지 못한다. 그러나 나는 그들이 '바그너'를 택할까봐 두렵다.

이렇듯 토마스 만이 바그너에 심취한 것은 무엇보다도 몰락과 죽음의 정서 때문이었다. 토마스 만이 작가로서 세상에 발을 디뎌 놓았을 때는 19세기가 끝나가는 시점이었다. 위대했던 19세기의 종말을 몸소 겪으면서 토마스 만은 세기말을 풍미하던 몰락과 종말의 정서를 바그너 음악의 낭만적인 죽음의 도취, 죽음의 동경에서 발견하게 된다. 바그너의 음악은 이 몰락과 종말 그리고 죽음에 대한 동경으로 가득 차 있었고, 토마스 만은 그러한 바그너의 음악을 통해 한 시대의 종말과 전통적인 시민사회의 몰락을 예감하게 된 것이다.

음악적 시도동기란 어떤 음악이 내포하고 있는 의미를 청중에게 강요하지 않고 자연스럽게 암시하는 일종의 연상작용이라고 할 수 있다. 이 음악적 시도동기 기법은 바그너가 창안한 것은 아니었다. 그러나 '음악극' 이론을 통해 시도동기를 처음으로 심리적 암시나 연상의 도구로 삼은 사람은 바그너였기 때문에, 토마스 만은 그의 남다른 숭배자로서 음악적 시도동기를 자신의 문학에 창의적으로 차용할 수 있었다. 바그너 음악극 이론의 가장 핵심적인 부분은 음악예술과 문학예술의 관계에 관한 것이다. 바그너는 음악을 여성적인 것으로, 문학을 남성적인 것으로 본다. 문학이 오성에 기대어 대상을 규정하고 내용을 지각적으로 표현하는 데 반해, 음악은 문학이 표현하려는 내용을 감정에 기대어 풍부하게 보충하고 명암을 던져줄 수 있다. 문학이 표현하고자 하는 바를 보완하고 심화하는 역할을 음악이 맡음으로써 완전한 예술이 이루어진다는 것이다. 바그너는 이러한 음악과 문학의 상보관계를 "두 증인의 입을 통해야 비로소 진실이 완전하게 알려진다"고 정리한다. 따라서 시도동기는 문학과 음악을 융합시키는 중요한 수단이라고 할 수 있다.

문학적 시도동기 역시 이와 마찬가지로 암시의 동기 혹은 연상작용이다. 그것은 소설의 첫 부분에서부터 특정 인물이나 상황, 이념, 감정을 규칙적으로 반복하거나 변형시키면서 파상적으로 전개되어 나간다. 『파우스트 박사』의 경우 독자들은 이미 주인공 아드리안의 어릴적 고향집에서 악마의 초기 흔적을 발견할 수 있다. 아드리안의 아버지는 틈만 나면 부헬 농장 고향집에서 아이들이 보는 앞에서 '자연의 원소들' 중 마술적 성격을 보이는 실험에 열중하곤 한다. 아버지에 의하면 "생명의 경이로운 영역에서는 불분명함이나 환상적인 모호함을 배제할 수가 없다. 외양이 화려한 피조물은 중세 때에는 마녀의 부엌과 연금술사의 지하실 상비품목에 속했으며, 독약이나 미약을 담기에 적합한 용기로 알려져 있었다. 그런가 하면 미사를 드릴 때는 성체와 성유물을 담는 상자로, 성찬용 잔으로도 사용되었다. 독(毒)과 미(美), 독과 마술, 또 마술과 제식 등 얼마나 많은 것들이 서로 연관관계를 맺고 있는가." 그중에서도 '헤태라 에스메랄다(Hetaera esmeralda)'라는 이름을 가진 유리날개나방에 대한 자세한 서술은 앞으로 스토리가 어떻게 전개되어 나갈지를 보여주는 중요한 복선으로 작용한다.

거기에는 비늘가루가 전혀 없는 유리처럼 투명한 날개를 가진 작은 나비과(科)의 나방들이 그려져 있었다. 날개는 금방이라도 깨질 듯한 유리처럼 보였으며, 날개 속을 꿰뚫고 지나가는 것은 오로지 그물 모양의 어두운 색 혈관뿐인 것 같았다. 그런 종류의 나방은 속이 훤히 들여다보이는 벌거벗은 모양을 하고, 짙은 잎사귀의 그늘을 좋아하는 까닭에 '헤태라 에스메랄다'라고 불렸다.

헤태라 에스메랄다는 나중에 라이프치히에서 아드리안이 동침하여 매독을 얻게 되는 창녀의 애칭이며, 또 그가 작곡한 마지막 작품인 『파우스트 박사의 비탄』의 기본 모티브이기도 하다.

이어 아드리안이 잠깐 신학을 공부한 할레 대학의 슐렙푸스 박사는 아예 악마를 입에 달고 다니며 찬양한다. '나'의 기억에 의하면 할레 대학 신학부는 전체적으로 성스럽기보다는 "꺼림칙하고 불길하다고 여겨지는 13이라는 숫자를" 붙이고 싶을 만큼 독신적인 분위기로 가득 차 있다. 또 아드리안이 "타락한 앗시리아의 수도 니니베"라고 부른 라이프치히에서는 악마가 창녀 뒤에 숨은 모습으로 나타난다. 메피스토펠레스를 따라 아우어바흐 술집에 간 괴테의 파우스트처럼, 토마스 만의 아드리안은 질이 안 좋은 외국인 여행객 가이드를 따라 시내 곳곳을 돌아다니다 "환락의 지옥"에 발을 들여 놓는다. 바로 여기에 그를 덫에 빠뜨려 매독을 감염시키는 악마의 보조자 에스메랄다가 기다리고 있다. 라이프치히에서 '나'에게 보낸 편지에서 아드리안은 그 장면을 이렇게 쓰고 있다.

비단 소파 위에는 예닐곱 명의 요정 같은 여자들이 앉아 있었지. 뭐랄까. 모르포스 같기도 하고 유리처럼 투명한 나방 같기도 했어. 에스메랄다 나방처럼 거의 아무것도 걸치지 않은 듯 속이 다 비치는 옷을 입고 있었지. 내 옆

으로 스페인 식 짧은 조끼를 입은 갈색머리 여자가 다가왔
어. 입이 크고 코가 납작하고 편도 같은 눈을 가진 여자,
바로 에스메랄다였어. 그녀가 팔로 내 뺨을 쓰다듬더군.

이 '헤태라 에스메랄다'는 나중 레버퀸이 작곡한 작품 속에
비문(秘文)처럼 숨겨진 모습을 나타낸다.

그녀의 이름, 처음부터 그가 그녀에게 붙여준 그 이름
은 루네(Rune) 문자 같이 그의 작품 속에 유령처럼 떠돌아
다녔다. 아드리안은 작품 속에 곧잘 신비한 공식이나 암
호 같은 것을 삽입하곤 했다. 예컨대 내 친구의 악보 중에
는 대여섯 개의 음표가 다발로 이어진 것이 있는데, 그것
은 시(h)로 시작하여 내림 미(es)로 끝나며, 그 사이에 미(e)
와 도(a)가 번갈아 나타나고, 다시 눈에 띄게 자주 독특하
고 음울한 분위기를 연출하는 기본 모티브가 다양한 화음
과 리듬으로 이 음과 저 음에 배분되었다. 마치 기본 모티
브를 축으로 돌아가듯이 종종 그 순서가 바뀌기도 하고,
기본 모티브의 핵심을 표현하는 음의 순서가 일정한 간격
으로 변주되었다. 그 속에 그녀의 존재가 어른거렸다. 대
담함과 절망감이 매우 독특하게 배합된『파우스트 박사의
비탄』이 그러했다. 이 작품에는 선율의 간격이 동시에 화
음으로 나타나는 경향이 더욱 두드러지게 나타났다. 이러
한 음의 암호 '하-에-아-에-에스(h-e-a-e-es)', 즉 '시-미-도
-미-내림 미'는 바로 '헤태라 에스메랄다'를 의미했다.

악마와의 계약, 그리고 파국
—『파우스트 박사』(4)

악마가 본격적으로 모습을 드러낸 것은 이탈리아의 소도시 팔레스트리나에 있는 고풍스러운 저택의 거실에서였다. 아드리안을 사창가로 데려간 라이프치히의 외국인 여행객 가이드와 비슷하게 기분 나쁘게 생긴 몸이 마르고 키가 작은 불청객이 뚜쟁이 옷을 입고 나타난 것이다. 한참 대화가 진행된 뒤에야 비로소 불청객은 뿔테 안경을 쓰고 넥타이를 맨 지적인 이미지의 남성으로 변한다. 이날 레버퀸은 하루 종일 참기 힘든 뇌통에 시달리다가 저녁때쯤 거의 다 나았으나 여전히 고열과 오한이 사라지지 않은 상태였기 때문에, 이 대화가 실제 이루어진 대화였는지 아니면 환각상태에서 허깨비와 나눈 대화였는지는 분명하지 않다. 그러나 악마와의 이 긴 대화는 실제로 악마와 나눈 것이 아니었다 할지라도, 적어도 레버퀸의 의식 속에 잠재해 있던 생각의 발현이었음은 분명하다. 왜냐하면 그는 악마에게 이렇게 말하고 있기 때문이다.

당신이 하는 말 세 마디 중 한 마디는 당신이 부재하는 존재임을 드러내고 있소. 당신은 순전히 내 안에 들어 있고 나한테서 나온 것들만 말하지, 당신에게서 나온 말은 한 마디도 없소.

새벽녘까지 계속된 대화에서 악마는 레버퀸에게 드디어 계약 체결을 선언한다.

우리는 자네가 우리의 품으로 달려들도록 부지런히 작업을 했어. 정확히 말하면 나의 귀여운 에스메랄다의 품으로 달려들게 했지. 자네의 육체와 영혼과 정신이 그토록 절망적으로 갈구하던 환각상태, 두뇌의 최음상태를 만들어 준 것일세. 이제 우리 사이에는 계약이 성립되었네. 거래를 하는 중이란 말이야. 자네는 그것을 피로써 증명하여 약속을 했고, 우리에게서 세례도 받았어. 오늘 내가 찾아온 것은 확인 절차에 불과해. 자네는 우리한테서 시간을 받았지. 천재적인 시간, 고귀한 시간을 말이야. 오늘부터 24년을 거꾸로 세겠네. 자네가 목적지에 도달하는 시간이지. 이 시간이 끝나면 우리는 자네를 데려가겠네. 물론 그게 언제가 될지 예측할 수는 없고, 따라서 그 시간은 영원이라고 할 수도 있겠지만 말일세. 그때까지는 우

리가 모든 일에서 자네에게 신하처럼 복종할 거야. 그대
신 자넨 아무도 사랑하면 안 되네. 사랑은 자네를 따뜻하
게 만들기 때문에 금지되어 있어. 자네의 삶은 차가워야
하니까.

　여기서 악마가 레버퀸에게 계약조건으로 내세운 아무도 사
랑해서는 안 된다는 금기사항은 인간공동체를 멀리하라는, 오
로지 병과 악과 고독의 세계에 몰입하여 불후의 명곡을 창조
하라는 메시지이다. 병과 악과 고독이야말로 천재 음악가의
실존조건이자 위대한 창조의 필수불가결한 조건이기 때문이
다. 물론 음악의 본질이 은밀한 금욕주의에 있다고 보는 레버
퀸에게는 이러한 악마의 권고는 전혀 무리가 아니다. 그럼에
도 불구하고 레버퀸이 천재적인 음악가인 한 이 금기사항에
반하여 누군가를 사랑한다면, 그것은 금기에 위배되는 것이므
로 결국 사랑하는 사람이 죽게 된다는 것을 그는 의식하지 않
았던 것으로 보인다. 그와 정신적인 연애 관계에 있던 바이올
리니스트 슈베르트페거의 죽음이 그렇고, 친아들처럼 사랑했
던 조카 네포묵의 죽음이 그렇다. 작곡가와 연주자 사이의 우
정을 넘어 동성애 관계로 발전한 슈베르트페거와의 애정 행각
은 창작활동에 방해요소가 되었기 때문에, 레버퀸은 자기도
의식하지 못한 채 다른 사람의 손에 슈베르트페거가 죽게 한
다. 결과적으로 슈베르트페거의 죽음을 몰고 온 기발한 아이

디어가 레버퀸에게 마치 '작곡할 때의 악상'처럼 떠올랐다는 것은 그로서도 피할 수 없는 재능과 악마성의 마적인 결합을 시사한다. 어린 조카 네포묵의 참혹한 죽음 역시 악마와의 계약과 무관하지 않은 것으로 이야기된다. "먼 옛날의 나라에서 온 것처럼 신성한 조카 아이"에 대한 그의 부성애 같은 사랑에도 불구하고, 누군가를 사랑했다는 것 자체가 금기를 깬 것이므로 악마와의 계약에 따라 조카 네포묵은 죽게 되어 있다. 게다가 사인(死因)이 뇌막염이라는 것은 레버퀸이 자기 뇌막에 침투한 매독균 때문에 급기야는 정신착란과 치매에 걸린다는 사실과 밀접한 연관관계를 맺고 있다. 나중에 레버퀸 스스로 정신착란과 치매가 어느 정도 진행된 상태에서 스스로 '살인자'라고 고백하고 있는 것이다.

이제 소설이 대단원의 막에 가까워짐에 따라 천재 작곡가 아드리안 레버퀸의 운명도 파국을 향해 치닫는다. 1930년 레버퀸은 뮌헨 근교의 집에 친지들을 초청한다. 조카의 비극적인 죽음에 따른 극단적인 절망과 고통을 노래한 마지막 작품 『파우스트 박사의 비탄』이라는 칸타타를 시연하기 위해서였다. 이 자리에서 그는 자기가 악마와 결탁했음을 고백하고, 살인과 간음을 저지르면서까지 악마의 과업을 완수하려 한 데 대해 처절한 반성으로 속죄한다. 그는 "사악한 힘으로 창조된 것이 혹시 은총을 입어 선한 것으로 바뀔 수 있을지 저는 잘 모르겠습니다"라고 하면서, 구원의 희망이 어렴풋이 비치는 말들로 이야기를 끝맺는다. 이윽고 그는 피아노 앞에 앉아 악보를 펼치고 무언가를 연주하려 했으나 곧바로 심한 불협화음이 터져 나오면서 "영원히 귓전에 맴도는" 비탄의 흐느낌과 함께 바닥에 쓰러지고 만다. 이후 그는 극심한 정신착란과 치매로 칠순 노모의 보살핌을 받으며 10년을 더 사는 것으로 소설 『파우스트 박사』는 대단원의 막을 내린다. 그의 죽마고우이자 소설의 일인칭 화자인 '나' 제레누스 차이트블롬에게 그의 마지막 삶은 깊은 연민의 정을 자아낸다.

자신의 근원으로부터 대담하고 당당하게 해방된 한 정신이 온 세상을 가로질러 아찔하게 날아올랐다가 다시 날개가 꺾여 어머니의 품으로 되돌아온 것이었다. 이보다 더 짠하고 애처로운 모습은 상상할 수 없었다.

온건한 인문주의자로서 사악한 시대의 증언자임을 자처하는 차이트블롬의 냉정한 눈에는 주인공 아드리안 레버퀸과 독일의 비극적 운명은 둘이 아니라 하나였다. 소설의 마지막 문장에서 차이트블롬은 둘의 운명에 하느님의 가호를 기원한다.

한 고독한 인간이 두 손 모아 비노라. 나의 친구여, 그리고 나의 조국이여, 그대들의 가없은 영혼에 하느님의 은총이 있기를!

마르틴 루터의 양면성과 독일, 독일인

독일사에 대한 자기비판의 명제를 담고 있는 강연문 「독일과 독일인」은 『파우스트 박사』의 악마와의 대화를 쓰고 난 직후인 1945년 5월 29일 미 의회도서관에서 발표되었다. 이 강연문은 미국과 독일 양쪽에서 센세이션을 불러일으켰다. 독일사의 긍정적 징후와 부정적 징후를 동시에 포착했기 때문이다. 특히 독일 현대사의 부정적 징후는 당시 집필 중에 있던 작품 『파우스트 박사』의 테마이기도 한데, 독일사를 보는 토마스 만 특유의 자기비판적 시각은 전쟁이 막 끝난 당시 독일에서 강력한 이의제기와 비판을 야기시켰다. 이 연설문의 끝부분에서 그는 나치즘으로부터 해방된 독일인들에게 독일의 역사가 안고 있는 부정적이고 파괴적인 속성을 자기와는 관계가 없는 것으로 외면하지 말 것을 요청한다. 이는 그가 당시 미국에 망명해 있던 '민주독일협의회' 쪽 인사들과 대립각을 세우고 있음을 분명히 하는 것을 의미하기도 했다. 정치참여적인 재미 망명 독일인들이 조직한 이 협의회는 일종의 망명 임시정부로서 1944년 봄에 결성되었는데, 토마스 만은 처음부터 이 단체와 일정하게 선을 긋고 있었다. 이 단체의 가입 요청에 대해서도, 또 이 단체를 월권으로 규정해 달라는 요청에 대해서도 거부 의사를 명백하게 밝히고 있던 터였다. 미국과 독일, 특히 서방점령지역인 서독 쪽 보수진영으로부터 강한 비판과 항의를 불러일으킨 이 연설문에는 이러한 그의 중립적이자 통합적인 태도가 잘 나타나 있다.

이 연설문에서 그가 선보인 자기반성적 관점은 작가 토마스 만의 인문주의적 면모를 다시 한 번 깊이 각인시켜 준다. 우선 그는 나치즘이라는 독일사의 대재난을 논하면서 사회학적 분석이 아닌 문화비평과 독일정신사의 심리적 성찰에 논의를 집중시킨다. 그는 독일인의 근원적인 문제성을 외부가 아니라 내부에서 찾고자 한다. 토마스 만에 의하면 세계사에 대재앙을 초래한 독일인으로서 무엇보다도 먼저 해야 할 일은 자기 자신을 돌아보는 일, 곧 자기비판이다.

세계에 그토록 많은 아름다움과 위대한 것을 주었음에도 번번이 불길한 방식으로 세계의 짐이 되었던 이 민족의 성격과 운명에 있어 수수께끼 같은 이 문제를 언급하지 않는 대화는 생각할 수가 없을 지경입니다. 독일인으로 태어난 자라면 누구나 독일의 운명과 죄과로부터 자유로울 수 없습니다. 자기 민족에 대해 진실이 될 수 있는 것이 있다면, 그것은 오로지 자기비판의 산물뿐일 것입니다.

그러나 독일의 우울하고 비극적인 역사에도 불구하고 독일인의 마음속에 한 가지 중요한 사실을 환기시켜 주고 있는 것이 있다면, 그것은 독일을 '나쁜 독일'과 '좋은 독일'로 나누어서는 안 된다는 것이다.

독일의 역사는 우리의 마음속에 한 가지 사실을 끌어다 줄 수 있습니다. 악한 독일과 선한 독일이라는 두 개의 독일이 아니라 오직 하나의 독일만이 있다는 것, 그리고 이 하나의 독일이 지닌 최선의 것이 악마의 책략으로 인해 악한 것으로 되어 버렸다는 사실이 그것입니다. 악한 독일, 그것은 길을 잘못 든 선한 독일이요, 불행과 죄와 멸망 속의 선한 독일입니다. 그 때문에 독일에서 출생한 정신에게는 악하고 죄지은 독일을 거부하고 다음과 같이 선언하는 것은 불가능합니다. '나는 선한 독일, 고귀한 독일, 흰 옷을 입은 정의로운 독일이요, 악한 독일을 근절하는 일은 당신네들에게 맡기오'라고 말입니다.

토마스 만은 이러한 독일사의 모순적 경향을 역사 속의 두

인물, 종교개혁가 마르틴 루터와 그의 동시대인이었던 경건한 조각예술의 거장 틸만 리멘슈나이더에서 찾는다. 만에 의하면 독일사의 비극은 '자유와 인권을 위해 싸운 투사' 리멘슈나이더가 아니라 '해방과 반동의 이중적인' 보수개혁가 루터가 독일사의 주류를 이루었다는 데 있다.

리멘슈나이더는 민중선동과는 전혀 거리가 먼 사람이었습니다. 가난하고 억압받는 민중을 위해 한없이 뛴 그의 심장은 그가 정당하고 신의 뜻에도 합당한 것으로 인식했던 농민봉기를 지지하여 귀족과 주교, 제후들에 맞서 싸우도록 그를 고무했습니다. 커다란 시대의 원칙적 모순성에 직면한 그는 순수하게 정신적이고 심미적인 예술시민성의 영역에서 과감히 뛰쳐나와 자유와 인권의 투사가 되지 않을 수 없었습니다. 그에게 평화의 이상이었던 이 일을 위해 그는 자신의 자유와 존재의 위엄 있는 안정을 희생시켰던 것입니다.

그러나 토마스 만에 의하면 리멘슈나이더와 같은 인간상은 독일사에서 늘상 있었음에도 불구하고 특별히 뚜렷하게 독일적인 것이 못되었다. 왜냐하면 리멘슈나이더의 휴머니즘과 따뜻한 심정보다 더 독일인의 운명적 천성에 부합되는 요소는 분파주의적인 루터의 문제적 성격이었기 때문이다.

독일적 본질의 화신이었던 마르틴 루터는 비상하게 음악적이었습니다. 저는 그를 좋아하지 않습니다. 이를 솔직히 고백하는 바입니다. 라인강 문화에서 독일적인 것, 즉 분파주의적이고 반로마적이며 반유럽적인 것이 비록 신교적 자유와 종교적 해방으로 나타났다고 해도, 그것은 저를 낯설게 하고 불안에 빠뜨립니다. 또 특별히 루터적인 성격, 노하기 잘하는 거친 태도, 욕하고 침뱉고 격분하여 공포감을 주는 투박한 태도는 마귀와 몽마(夢魔), 괴이한 병자들에 대한 속된 미신과 결합되어 있기 때문에 저는 이런 것들을 본능적으로 혐오합니다. 루터가 어마어마하게 장대한 인물이었음을 누가 부인하겠습니까? 그러나 그는 가장 독일적인 스타일로 위대했습니다. 해방적인 힘과 반동적인 힘이라는 이중성에 있어서도 그는 위대했고 또 독일적이었습니다.

마르틴 루터와 독일민족을 보는 토마스 만의 이러한 반어적인 생각은 다른 어떤 작품보다도 특히 『파우스트 박사』의 저변에 깔려 있다. 주인공 아드리안 레버퀸의 할레 신학대학 시절 도이칠린이라는 이름의 한 동급생은 독일사의 루터 관련 부분을 이렇게 설명한다.

독일민족만큼 젊음을 개성으로 인식하는 민족은 없어. 젊고 미래지향적인 독일의 정신, 성숙하지 못한 정신이라고 할 수 있겠지. 독일에서 큰 사건은 언제나 어떤 대단히 미성숙한 단계에서 일어났고, 우리가 종교개혁을 이룬 데도 그만한 이유가 있었어. 종교개혁도 미성숙이 이룬 업적이었으니까. 르네상스를 이룬 플로렌스의 시민들은 성숙했었지. 하지만 루터는 충분히 미성숙했어. 충분히 대중적이었고 충분히 독일국민이었어.

이처럼 마르틴 루터라는 인물은 토마스 만에게 독일사에 전형적으로 나타나는 분열적 이원성 그 자체였다. 루터는 한편으로 스콜라 학파의 위선적인 굴레를 벗기고 양심을 혁신함으로써 연구의 자유와 비평, 철학적 사변에 크게 기여했고, 인간과 신의 직접적인 관계를 만듦으로써 유럽의 민주주의를 증진시키는 데 중대한 기여를 했다. 그러나 다른 한편 루터의 가치관에 내재되어 있던 부정적인 징후, 곧 모든 국가기관 앞에서 굽실대는 비열한 자세를 만들어낸 음악적·독일적 내면성과 비세계성의 산물인 반(反)정치적 독실성은 토마스 만에게 독일사의 숙명이자 불행의 주된 원인이었던 분열적 이원성으로 각인되었다. 「독일과 독일인」에서 그는 이 문제를 괴테의 『파우스트』와 자신의 『파우스트 박사』에 나오는 악마와의 계약과 관련시킨다.

우리의 가장 위대한 문학작품인 괴테의 『파우스트』는

중세와 인문주의의 경계에 서 있는 인간의 오만한 인식의 충동에서 마법과 악마에 자신을 내맡기는 신의 인간을 주인공으로 하고 있습니다. 지성의 오만함이 영혼의 고통 혹은 속박과 계약을 맺는 곳에 바로 악마가 있습니다. 그런데 루터의 악마, 파우스트의 악마이기도 한 이 악마는 저에게 정말 독일적인 모습으로 나타나려고 합니다. 영혼의 구원을 포기하고 한동안 세상의 모든 재물과 권력을 얻기 위해 맺는 악마와의 계약, 곧 악마에게 영혼을 파는 행위는 독일적 본질에 매우 근접해 있는 것으로 생각됩니다. 세계향유와 세계지배의 욕구 때문에 골방에 틀어박혀 자기 영혼을 악마에게 파는 고독한 사상가 겸 연구자, 신학자 겸 철학자, 문자 그대로 독일이 악마에게 이끌려가고 있는 오늘날 이러한 비유는 독일을 관찰하기에 아주 적절한 것이 아니겠습니까?

토마스 만은 이와 같은 오만과 숙명으로부터 원래 '가능성의 예술'이어야 할 정치를 거짓과 기만, 폭력 이외의 아무 것도 아닌 것으로 혐오하는 독일인들의 왜곡된 심리를 유추해낸다. 독일인은 역사적으로 정치를 위해서는 악마가 되어야 한다고 생각했으며, 정치의 의미를 유럽의 헤게모니 쟁탈전쯤으로 격하해왔다는 것이다. 그 결과 독일은 독일적 내면성의 위대한 업적인 종교개혁과 가장 아름다운 독일적 특성의 표현인 낭만주의에서 보듯 유럽에 깊고도 창조적인 자극을 주었음에도 불구하고, 정작 유럽으로부터 민주주의나 자유를 배우려 하지 않았다. 종교개혁과 독일 낭만주의의 유산은 본질적으로 역설의 역사인 것이다. 토마스 만에 의하면 누구나 "세계가 하느님 혼자 창조한 것이 아니라 다른 누구와 공동으로 만든 작품이라는 인상"을 갖듯이, 우리는 독일의 역사를 통해 우리는 종종 악한 것에서 선한 것이, 선한 것에서 악한 것이 나올 수 있음을 인정하지 않으면 안 된다. 독일적 내면성의 역사는 '좋은 독일'과 '나쁜 독일'을 구별하는 것이 오류임을 보여준다는 것이다. 토마스 만은 나치즘의 패배가 자동적으로 독일정신을 변화시킬 것으로 보아서는 안 되며, 앞으로 독일의 정치적 회복은 나치즘 척결의 기계적인 결과가 아니라 시민민주주의를 거쳐 사회적 휴머니즘에 이르는 화해와 관용의 정신에서 비로소 가능할 것이라고 본다. "독일의 불행은 인간 존재의 비극을 보여주는 본보기일 따름입니다. 독일이 그토록 절실하게 필요로 하는 은총은 우리 모두가 필요로 하는 은총과 다를 바 없습니다"라는 연설문의 마지막 문장은 국제사회에 더 많은 화해와 관용을 촉구하는 토마스 만의 간절한 바람을 담고 있다.

선한 독일, 악한 독일이 아닌 오직 하나의 독일을…

미국 망명시절 토마스 만의 반파쇼 평화주의 참여활동에 뒷받침이 되어 준 인물은 당시 미국대통령 루스벨트였다. 그에게는 루스벨트 대통령이야말로 국제 파시즘에 대항해서 싸울 수 있는 유일한 희망이었다. 루스벨트와의 친분관계를 통해 그는 국제정세에 대한 정확한 정보를 얻을 수 있었고, 또 다른 망명지식인들과 함께 반파쇼 연합전선을 구축하는 데 의미 있는 역할을 할 수 있었다. 이러한 토마스 만에게 1945년 4월 루스벨트 대통령의 갑작스러운 사망 소식은 돌이킬 수 없는 충격으로 다가왔다. 루스벨트의 사망은 범세계적 대공동체에 대한 모든 희망을 그에게서 빼앗아가 버린 사건이기도 했다. 유럽에서는 1945년 5월 나치 독일이 무조건 항복함으로써 전쟁이 끝났지만, 오랜 세월 고대해왔던 평화는 그리 만족스럽지 못했다. 히로시마와 나가사키의 원자폭탄 투하로 말미암아 새로운 갈등의 조짐이 일었던 것이다. 토마스 만이 보기에 얄타 회담을 비롯한 강대국들의 회담은 서방세계의 세계평화를 향한 의지의 진정성을 의심하기에 충분한 것이었다. 그는 파시즘에 대항하는 서방세계의 진지하고 부단한 의지와 파쇼에 대한 공포보다도 오히려 사회주의에 대한 공포가 더 크다고 보고, 당시 전쟁 직후의 시대 자체가 파쇼적임을 통찰한다. 이러한 통찰에 근거하여 전후 냉전시대를 냉정하게 예견한 그는 소련 사회주의에 대처한다는 미명 하에 서독을 재무장시키려는 서방의 속셈을 알고 크게 실망하지 않을 수 없었다.[13] 결국 그가 여생의 정착지로서 서독도 동독도 아닌 중립국 스위스를 택하게 되는 것은 그로서는 어쩌면 당연한 일이었을지도 모른다. 한 시대의 종결과 함께 과거의 미국은 더 이상 존재하지 않는다고 생각하게 된 토마스 만에게 유럽의 추억과 옛 대륙에 대한 동경심이 자연스럽게 일깨워진 것이다. 그의 이러한 심경은 당시 그가 쓴 편지의 한 구절에 잘 나타나 있다.

나는 미국시민이며 여기에 내 집을 지었고 여기서 내

---

[13] 『파우스트 박사』에도 제2차 세계대전 직후 미국을 비롯한 서방 측의 서독 재무장 등 냉전정책 비판을 연상시키는 언급이 나온다. 예컨대 제1차 세계대전이 끝났을 때 "우리의 목을 조른" 당시 전승국들에 대한 반감은 다음과 같이 표현된다. "26년 전 나는 쓰러진 내 나라가 고뇌하는 형님, 러시아에 기대기를 바랐다. 러시아혁명은 나를 충격으로 뒤흔들었으며, 그 혁명의 원칙은 우리의 목을 조른 열강의 원칙보다 역사적으로 훨씬 더 우수하다는 사실을 내 눈으로 분명히 확인했다. 그때부터 나는 역사를 통해 당시 우리를 점령한 세력들을 다른 시각으로 보는 법을 배웠다. 그들은 그 다음에 동쪽의 혁명과 연합해 다시 점령국이 되었다."

삶을 마칠 생각입니다. 그러나 내가 옛 대륙의 토양을 다시 한 번 두 발 아래 느낄 수 있다면 정말 아름답고 감동적일 것입니다. 이를 생각할 때면 나는 제일 먼저 5년간 행복하게 지냈던, 행복하지는 않았지만 좋은 세월을 보냈고 한 번 더 방문하고 싶은 스위스를 머릿속에 떠올립니다.

토마스 만이 미국을 떠나기로 결심한 데는 정치적인 이유가 가장 컸다. 1949년 초 프랑크푸르트 암 마인(서독)에서 파울 교회 100주년 기념식에 참석해 달라는 초대장이 왔지만 응하지 않았다. 표면상의 이유는 고령과 과도한 작업 때문이었지만, 사실은 "수년 간 가위눌림과도 같았던 나라의 국경을 다시 건너려 할 때는 망설여지게 마련"이기 때문이라고 나중에 스스로 밝혔다. 프랑크푸르트 시장에게 보낸 초대를 고사하는 편지에서 그는 최근작 『파우스트 박사』를 통해 독일과의 깊은 유대감을 표현했노라고 쓴다.

저는 이 소설이 독일에서 옛 고향과 저의 관계를 두고 일어나고 있는 갖가지 오해를 풀어주고 불식시켜줄 수 있으리라고 봅니다. 이 책은 제가 독일의 운명으로부터 달아난 탈주자가 아니라는 것을, 파울 교회의 기념식에서 저의 수사적 연설이 할 수 있는 것보다 더 강렬하게 느낄 수 있도록 해 줄 것입니다.

같은 해에 그는 드디어 조국의 양쪽, 즉 서독과 동독을 한꺼번에 방문할 기회를 갖는다. 괴테 탄생 200주년 기념으로 동독과 서독으로부터 동시에 초청을 받은 것이다. 서독의 프랑크푸르트는 괴테가 태어나 청년시절을 보낸 고향도시로서, 또 동독의 바이마르는 괴테가 일생(83세)의 대부분(56년)을 보낸 유서 깊은 문화도시로서 토마스 만에게 각각 그곳에서 강연해줄 것을 요청했다. 그는 우선 프랑크푸르트의 파울 교회에서 행한 기념강연에서 자기가 왜 동독과 서독 양쪽을 방문하기를 원하는지에 대해 솔직하게 이야기한다.

저는 경계를 알지 못하는 사람입니다. 저의 방문은 독일, 그러니까 동과 서의 점령지역이 아닌 전체로서의 독일이었습니다. 자유로운 언어, 점령으로 침해되지 않은 독일어로 참다운 고향을 생각하는 자유로운 작가가 아니라면 누가 독일의 통일을 보증하고 표현하겠습니까? 여러분, 캘리포니아에서 온 이 손님에게 대표할 권리를 주십시오! 그로 하여금 『파우스트』가 괴테의 마지막 최고의 작품이라고 떳떳이 말할 수 있는 순간을 미리 허락해 주십시오! 인간이, 아니 독일인이 '자유로운 땅에서 자유로운 국민과 함께할' 순간을 허락해 주십시오!

토마스 만은 한편으로는 청중과 많은 지식인들의 따뜻한 환대에 고무된 채, 다른 한편으로는 아직도 떠돌고 있는 정치적

과거의 망령에 경악한 채 서독을 떠나 동독으로 향했다. 미국
망명객이 느끼는 조국과의 심리적 갈등이 누그러지지 않은 채
였다. 나중 「독일여행기」에서 토마스 만은 이 부분을 이렇게
표현한다.

> 나는 그때의 기억을 내가 마치 여전히 1930년 무렵 독
> 일에ー서독에ー살고 있는 것 같았다는 말로 요약할 수
> 있을 것 같다. 나는 이전보다 좀 더 늘어난 교양 있고 통
> 찰력 있는 소수 시민들에게는 환영을 받았지만, 완고한
> 대다수 군중들로부터는 비독일적 내지는 반독일적인 인
> 물, 조국의 배반자로 비방을 당했다. 그들은 나치 정권의
> 파렴치한 행위에 대해 아무것도 들으려거나 알려고 하지
> 않았으며, 오히려 그것을 정치적 선전에 의한 허위나 곡
> 해로 받아들이는가 하면, 히틀러의 전쟁이 다른 나라에
> 가한 파괴에 대해서도 알려고 하지 않는 냉담한 태도를
> 보였다.

토마스 만은 착잡한 감정을 가득 안고 바이마르에 도착한
다. 국경에는 동독 문화상 요하네스 R. 베혀가 기다리고 있었
고, 이어 마련된 공식 조찬에는 당시 베를린 주재 소련군 사령
관도 동석했다. 그는 저녁에 바이마르 ‘독일국립극장’에서 「괴
테 탄생 200주년을 기념하여」라는 제목의 강연을 했는데, 동
독에 대한 그의 인상은 서독에 비해 상대적으로 긍정적이었던

것으로 보인다. 「독일여행기」 중 동독 방문 관련 부분에는 이런 구절이 나온다.

러시아 공산주의는 정신의 힘을 높이 평가하는 법을 알고 있습니다. 정신을 규제하고 그 정신을 도그마의 틀 속에서 유지할 때, 우리는 거기서 정신적 평가의 증거 또한 발견하지 않을 수 없습니다.

동독 관련 부분에서 그의 수미일관된 주장을 찾아내기는 어렵다. '정신의 힘을 높이 평가'하는 동시에 '그 정신을 도그마의 틀 속에서 유지'한다는 것은 실제로는 불가능에 가깝기 때문이다. 그는 공산주의 체제의 실체를 단편적으로, 또 제3의 관찰자로서 접촉했을 따름이었다. 만약 그것을 좀 더 자세히 알 기회가 있었더라면, 그가 다른 견해를 보였을 가능성을 배제할 수 없다.

어쨌든 토마스 만이 동독 정권의 초청에 응하여 바이마르를 방문하자, 예상했던 대로 서방 언론은 그런 그의 행보를 맹렬하게 비난하기 시작한다. 그는 이러한 비난을 예견하기라도 한 듯 미국으로 돌아오자마자 1949년 9월 9일자 스위스의 한 신문에 게재된 공개서한에서 다음과 같이 자기변호를 시도한다.

나는 독일을 가르는 깊은 '심연'을 한탄스럽게 여겼기

에 바이마르로 갔습니다. 가급적이면 갈라진 틈새에 다리를 놓아야 한다고 생각했습니다. 그곳 사람들은 내가 그들을 잊지 않았다는 사실, 그들을 페스트 환자처럼 피해야 하는 독일의 고아로 취급하지 않고 오히려 그들에게 다가가 같은 독일인으로 대하며 말을 건넨 데 대해 감사하는 마음을 아끼지 않았습니다.

그러나 그런 토마스 만을 비난하는 여론은 쉽게 가라앉지 않았다. 이듬해인 1950년 유럽과 미국 여러 도시에서 '시대의 경험'에 관해 강연하기로 되어 있던 중 워싱턴 미 의회도서관에서 열릴 예정이었던 강연회가 돌연 취소된 것이다. 그를 반대하는 보수단체의 압력이 있었고, 그가 동독을 방문했다는 이유로 의회도서관 측에서 강연을 취소했기 때문이었다. 이는 토마스 만과 그의 제2의 고향인 미국 사이에 차가운 기류가 흐르고 있음을 보여주는 여러 징후들 가운데 하나였다. 그럴수록 서방세계에 대한 그의 불신은 더욱 커졌다. 이 와중에서 그를 한층 더 실망시킨 것은 때마침 미국 정계에 휘몰아치고 있던 매카시즘[14] 열풍이었다. 이 매카시즘 열풍과 관련하여 토

---

[14] 매카시즘(McCarthyism). 40년대 말부터 50년대 초까지 미국을 휩쓴 일련의 반(反)공산주의 선풍. 미 공화당 상원의원 매카시(J. R. McCarthy, 1909~1957)의 이름에서 나온 말. 1950년 2월 "국무성 안에 250명의 공산주의자가 있다"는 매카시의 폭탄발언에서 발단되었다. 제2차 세계대전 후 냉전이 심각해지던 상황에서 중국의 공산화와 한국의 6·25전쟁 등 공산세력의 급격한 팽창에 위협을 느낀 미국 국민으로부터 당초에는 광범함 지지를 받았다. 당시 국무장관 덜레스를 비롯한 많은 사람들이 매카시즘의 공포에 떨었고, 그 때문에 미국의 외교정책이 필

마스 만이 공산주의를 비호하고 있다는 당시의 터무니없는 분위기에 대해서는 그의 처남 클라우스 프링스하임의 회상기에서 자세하게 읽을 수 있다.

여기서 우리는 역사적으로 미국에 매카시즘이라고 불리던 시기(1946~1952)가 있었다는 사실에 주목하지 않으면 안 된다. 공산주의자를 색출하기 위해 군대가 동원되었을 때 교수들은 서약을 거부했다는 이유로 파면당했고, 두 명의 총장과 두 명의 외무상, 몇몇 장군은 배반자 내지는 우매한 자로 낙인찍혔다. 미국은 독일과 일본을 재무장시키고 과거 나치 협력자를 독일 정부의 각료로 임명하기도 했다. 그밖에 의회 분과위원회가 비(非)미국인의 책동을 막기 위해 수많은 사람들을 샅샅이 검열하고 심문하는 과정에서, 토마스 만처럼 공산주의자가 아닌 사람들의 호소와 삶의 토대를 파괴한 일도 있었다.

매카시즘은 토마스 만을 매우 불안하게 만들었다. 1947년 가을 그는 미국의 인간적 사명에 대한 믿음이 강렬했던 시절이 있었다고 회고하면서, "그러나 그 믿음은 최근 몇 년 사이에 흔들리기 시작했습니다. 미국은 세계를 선도한다기보다 세

요 이상으로 경색된 반공노선을 걷게 되었다. 유력한 정치가나 지식인들도 매카시즘에 반론을 제기하지 못했다. 매카시는 보기 드문 선동정치가였고, 그가 대외적 위신이나 지적(知的) 환경에 끼친 해악은 막대한 것이었다.

계를 사들이기로 작정한 것 같습니다"라고까지 쓰고 있다. 이런 사정은 서독이라고 예외는 아니었다. 서독의 일부 저명작가들도 독일문화를 대변하여 세계 속의 독일을 위해 부단히 노력해온 토마스 만을 올바로 이해하려 들지 않았다. 서독 역시 그에게는 낯선 나라가 되어 버렸다. 화해와 통합을 지향하는 그가 분단된 독일이 아니라 '오직 하나의 독일만을' 외친 데는 그만한 이유가 있었던 것이다.

토마스 만은 미국과 동·서독 어디에서도 마지막 정착할 곳을 찾지 못했다. 그는 법적 신분으로는 엄연히 미국 시민이었으나, 속으로는 철저하게 유럽의 독일인이었다. 그는 언제나 독일인으로서 독일에 관해 독일어로 글을 썼고, 독일에 대해 지속적인 책임과 연대감을 가졌다. 전후 독일의 상황이 조금만 달라졌더라도 그는 언제든지 독일로 귀환했을 것이다. 그러나 결국 최종 정착지로 스위스를 선택하게 되는데, 그것은 그가 유럽으로 돌아오되 가능한 한 조국에 가까이 있겠다고 간절히 바랐기 때문이었다. 토마스 만은 그 이유를 1953년 함부르크 대학생들에게 다음과 같이 밝힌 바 있다.

15년 동안 저는 부유하고 거대한 나라, 장구하지는 않지만 행복한 역사 속에 괴테가 '인류에 대한 위안'으로 평가했던 해방전쟁을 품에 안고 있는 미국에서 보냈습니다. 저는 이 나라에 무한한 감사를 표합니다. 히틀러의 독일에서 도망쳐 나온 도피자를 따뜻하게 맞아주었고, 그가 하는 작업에 이루 말할 수 없이 우호적인 명예를 부여해주었기 때문입니다. 그럼에도 불구하고 그곳에서 오래 살아가면 살아갈수록 제가 유럽인임을 더욱 더 의식했다는 것은 영혼에서 우러나오는 진실입니다. 아무리 생활여건이 좋다고 해도 이미 고령에 접어든 나이는 언젠가 뼈를 묻히고 싶은 옛 대륙으로의 귀환을 향한 간절한 소망을 점점 더 절박하게 만들었습니다.

토마스 만은 '하나의 독일'에 대한 소망을 가슴에 품고 1952년 77세의 노구를 이끌고 중립국 스위스에 정착했다.[15]

---

[15] 토마스 만과는 대조적으로 그의 형 하인리히 만은 1950년 3월 향년 79세로 로스앤젤레스에서 사망했다. 예술원장 직책을 제안한 동독으로 떠날 준비를 하는 동안 갑자기 죽음을 맞이한 것이다.

화해와 통합으로 가는 길
— 맺음말을 대신하여

20세기 독일문학을 대표하는 3거장으로서 흔히 라이너 마리아 릴케와 프란츠 카프카, 그리고 토마스 만을 꼽는다. 이 3인 중에서도 가장 독일적인 작가를 꼽으라면 단연 토마스 만이다. 작품뿐만 아니라 자연인으로서 삶의 이력을 보더라도 그렇다. 제1차 세계대전 당시 '권력에 의해 보호된 내면성'의 틀을 벗어나지 못한 채 독일 정신문화의 보존을 위한 보수적 가치관을 고수하고 있던 젊은 토마스 만이, 대전 뒤 창궐한 파시즘 테러에 절망하며 서서히 진보적인 반파시즘 작가로 바뀌어가는 과정에는 모순에 가득 찬 독일적 이원성이 극적으로 오버랩되어 있다. 그의 필생의 주제였던 이 이원적 대립성은 독일문학 일반의 공통된 주제이다. 그러나 토마스 만 문학을 '가장 독일적'이라고 할 수 있는 이유는 그가 그러한 독일문학 일반의 공통된 주제를 유달리 즐겨 다루었기 때문만은 아니었다.

그는 깊은 고뇌와 갈등으로 점철된 생애를 통틀어 서로 대립되는 두 세계의 화해와 통합에 이르는 길을 끊임없이 찾아 헤맸던 20세기의 파우스트였다. 두 차례의 세계대전, 급기야 나치 정권에 의해 재산이 몰수되고 국적마저 박탈당한 채 조국을 떠나지 않으면 안 되었던 절박한 상황은 그를 정치성이 강한 편견에 찬 작가 혹은 시대적 고뇌에서 헤어나지 못하는 절망의 인간으로 만들어 놓을 수도 있었다. 그러나 그는 그렇지 않았다. 일찌감치 그는 가장 독일적이면서 가장 세계적인 작가가 되었고, 그의 휴머니즘은 일찍이 유례를 찾기 어려울 만큼 고귀한 것으로서 혼돈과 혼탁의 시대를 살고 있는 오늘의 우리에게 무언의 귀감이 되어 주고 있다.

물론 아무리 그가 20세기 독일문학을 대표하는 작가로서 고뇌와 갈등의 삶을 살았다고 한들, 또 아무리 인간의 보편적인 세계고(世界苦)를 거장의 필치로 형상화해내었다고 한들, 그가 사망한 지 반세기 이상이 지난 지금 토마스 만 류의 거대담론은 더 이상 유효하지 않을 수도 있다. 그러나 물질적으로 더없이 풍요로운 이 시대, 거대담론이 자취를 감춘 '참을 수 없이 존재가 가벼워진' 오늘 이 21세기에도 우리가 살아가는 근본적인 모습은 별로 달라지지 않은 것처럼 보인다. 오늘날에도 여전히 시민성과 예술성, 삶과 죽음, 선과 악 등 토마스 만이 변증법적 지양을 통해 통합을 모색했던 무거운 개념들은 정도의 차이는 있어도 여전히 우리의 개인적·사회적 삶을 지배하고 있다. 세태가 가벼워졌다고 삶마저 가벼워지는 것은 아니기 때문이다. 거의 모든 삶의 부면에서 융·복합적 소통이 시대정신으로 화한 지금의 포스트모던 시대에는 더욱 그러하다. 토마스 만의 화해와 통합의 정신이 오늘날에도 변함없이, 아니 오히려 더 유효한 가치라고 할 수 있는 이유는 바로 여기에 있다.

화해와 통합이라는 의미에서 토마스 만은 어쩌면 두 얼굴을 가진 야누스와 같은 작가였다고 할 수 있을지도 모른다.[16] 서양어에서 1월의 이름이 '야누스의 달'이라는 뜻의 라틴어 '야누아리우스(Januarius)'에서 유래한 것은 우연이 아니다. 로마신화에서 야누스는 두 얼굴을 가진 문(門)의 신이다. 매년 1월 한 얼굴은 문 뒤의 과거를 성찰하고, 다른 한 얼굴은 문 앞의 미래를 전망한다. 흔히 야누스가 이중인격적인 기회주의자나 회색인의 대명사처럼 쓰이기도 하지만, 본래의 의미는 그게 아니다. 두 얼굴의 야누스야말로 진실되고 온전한 인격과 삶을 가리키기 때문이다. 따지고 보면 회색인이나 회색인격이라는 것도 부정적인 색깔로만 덧씌울 일이 아니다. 흑백논리에 빠져 어느 한 쪽만이 진리라고 고집하는 것은 근본주의적인 외곬의 신념에 지나지 않는다. 한 쪽에만 편향된 외곬의 신념에

---

¹⁶ 이하 '야누스' 관련 부분은 중앙일보 중앙시평 "호랑이를 만들지 말고 먼저 숲을 만들라"(2010. 1. 18) 참조.

서는 중용적인 삶의 태도를 기대하기 어렵다. 빛과 어둠(그늘), 선과 악, 삶과 죽음, 언뜻 대립되어 보이는 이 모든 개념 쌍들이 사실은 상호 대립하는 것이 아니라 함께 어우러지며 공존하는 것이 삶과 역사의 진리이다. 삶의 현상은 언제나 진보적인 동시에 역행적인, 따라서 항상 과거와 현재의 양면성을 갖고 있게 마련이기 때문이다.

야만과 문명, 야만과 문화라는 개념도 마찬가지다. 『파우스트 박사』에서 토마스 만은 야만이 문화의 반대라는 일도양단 식 분별심을 거부한다. 크레치마 선생의 베토벤 음악에 대한 강연을 듣고 나누는 '나'와 아드리안의 대화 중에는 이런 구절이 있다.

야만이 문화의 반대라는 말은 단지 문화가 우리에게 심어준 어떤 사고체계 내에서만 그럴 뿐이야. 그런 사고체계를 벗어나면 문화의 반대 개념은 전혀 다른 어떤 것이거나 아예 반대가 없을 수도 있어. 정작 문화를 소유했던 시대가 과연 문화라는 단어를 알고 사용했을까? 소박함이나 무의식, 자명함이야말로 우리가 문화라고 이름을 붙이는 첫 번째 기준이 되어야 할 거야. 우리에게 결여된 것이 바로 이 소박함이지. 이 소박함의 결여는 아주 높은 문화와 잘 어울렸던 다채로운 야만성을 우리에게서 차단하고 있어. 우리가 교양의 단계에 와 있는 건 사실이야. 그러나 우리가 다시 문화의 능력을 가지려면 훨씬 더 야성적으로 되어야 한다는 것 또한 의심의 여지가 없는 사실이지. 우리는 기술이니 편리함이니 하는 것으로 문화에 대해 **말할** 뿐, 정작 문화를 갖고 있지는 않아.

평생에 걸쳐 독일적 이원성의 굴레에서 벗어나고자 고군분투했던 토마스 만. 그는 제2차 세계대전 종전 후 조국 독일이 분단되었을 때 조국으로 돌아가지 않았다. 자본주의 체제의 서쪽도 사회주의 체제의 동쪽도 '경계를 알지 못하는' 토마스 만에게는 낯선 곳이었기 때문이다. 24년간 악마와의 계약을 끝내고 궁극적으로 '자유로운 땅에서 자유로운 국민과 함께할' 순간에 다다랐던 괴테의 파우스트처럼, 토마스 만 또한 20여 년에 걸친 망명생활이 '자유로운 언어, 점령으로 해체되지 않은' 통일독일에서 마침표를 찍을 것이라는 희망에 부풀어 있었다. 그러나 현실은 기대에 부응하지 못했다. 조국은 두 쪽으로 갈라졌다. 갈라진 어느 쪽으로도 돌아갈 계기를 마련받지 못했지만, 그래도 모국어인 독일어를 쓰는 나라에서 삶을 마감하고자 했던 그는 중립국 스위스에서 조용히 말년을 보냈다. 오직 '하나의 독일'만을 바랐던 작가 토마스 만으로서는 어쩔 수 없는 선택이었을 것이다. 그는 자기가 원한 독일을 보지 못한 채 1955년 8월 12일 스위스 취리히 호반에서 영면했다. 향년 80세였다. 토마스 만이 염원했던 '하나의 독일'에 이르는 길, 진정한 관용과 화해 그리고 통합으로 가는 길은 그렇게도 먼 것이었을까?

참고문헌

토마스 만, 지명렬 옮김, 『토니오 크뢰거 외』, 삼중당문고, 1975.

토마스 만, 안삼환 외 옮김, 『토니오 크뢰거 외』, 민음사, 2000.

토마스 만, 곽복록 옮김, 『마의 산(Ⅰ, Ⅱ)』, 동서문화사, 1978.

토마스 만, 홍성광 옮김, 『마의 산(상, 하)』, 을유문화사, 2008.

토마스 만, 김철자 옮김, 『파우스트 박사, 한 친구가 이야기하는 독일 작곡
　　가 아드리안 레버퀴인의 생애(上, 下)』, 학원사, 1988.

토마스 만, 김해생 옮김, 『파우스트 박사, 한 친구가 이야기하는 독일의 천
　　재 작곡가 아드리안 레버퀸의 생애(1, 2)』, 필맥, 2007.

토마스 만, 임홍배 외 옮김, 『파우스트 박사, 한 친구가 이야기하는 독일
　　작곡가 아드리안 레버퀸의 생애(1, 2)』, 민음사, 2010.

로만 카르스트, 원당희 옮김, 『토마스 만. 지성과 신비의 아이러니스트』,
　　책세상, 1997.

마틴 키친, 유정희 옮김, 『사진과 그림으로 보는 케임브리지 독일사』(시공
　　아크로 총서 3), 시공사, 2001.

메리 풀브룩, 김학이 옮김, 『분열과 통일의 독일사』, 개마고원, 2000.

미셸 제라파, 이동렬 옮김, 『소설과 사회』, 문학과 지성사, 1983.

송동준 편, 『토마스 만』, 문학과 지성사, 1977.

아놀드 하우저, 염무웅 외 옮김, 『문학과 예술의 사회사(근세편 하)』, 창작
　　과 비평사, 1983.

이덕형, 「토마스 만의 『마의 산』에 투영된 지식인의 두 유형」, 『독일어문
　　학』 제7집, 1998.

이덕형, 「교양소설의 순응논리」, 서울대학교 박사학위논문, 1994.

이덕형 외, 『독일, 통일 이후가 문제였다』, 경북대학교출판부, 2007.

이신구, 「토마스 만의 『파우스트 박사』에 나타난 음악적 요소」, 『헤세연구』
　　　제15집, 2006.

임홍배, 「토마스 만의 『파우스트 박사』를 통해 본 합리성의 위기에 대한
　　　성찰과 파시즘 비판」, 『독일문학』 제108집, 2008.

장성현, 『고통과 영광 사이에서. 토마스 만과 동성애』, 문학과 지성사,
　　　2000.

최순봉, 『토마스 만 연구』, 삼영사, 1981.

토마스 안츠 편, 이덕형 외 옮김, 『통일독일 문학논쟁』, 경북대학교출판부,
　　　2004.

하겐 슐체, 반성완 옮김, 『새로 쓴 독일역사』, 知와 사랑, 2000.

후버트 오를로스키, 이덕형 옮김, 『독일교양소설과 허위의식』, 형설출판사,
　　　1996.

토마스 만 연보

1875년	6월 6일, 아버지 토마스 요한 하인리히 만(Thomas Johann Heinrich Mann)과 어머니 율리아 다 실바-브룬스(Julia da Silva-Bruhns)의 5남매 중 둘째로 북부독일 뤼베크(Lübeck)에서 태어남.
1877년(2세)	아버지 토마스 요한 하인리히 만, 뤼베크 시 참사회 위원에 피선. 누이 율리아 태어남.
1881년(6세)	누이 카를라 태어남.
1889년(14세)	김나지움 '카타리노임' 입학.
1890년(15세)	'요한-지그문트-만 곡물상-위탁·운송업' 회사 창립 100주년 축하회가 열림. 할머니 카타리나 엘리자베트 사망. 동생 빅토르 태어남.
1891년(16세)	10월, 아버지 사망. 회사가 해체됨. 형 하인리히 만(Heinrich Mann, 1871~1950) 베를린 대학 입학.
1892년(17세)	어머니 율리아, 토마스 만의 누이 율리아와 카를라, 동생 빅토르를 데리고 뤼베크에서 뮌헨으로 이주.
1893년(18세)	'예술·문학·철학 월간지'라는 부제의 동인 교지 '봄의 폭풍' 창간, 파울 토마스(Paul Thomas)라는 필명으로 기고. 창간 5월호에 실린 시 「두 차례의 이별」이 10월 '사회'라는 잡지에 전재됨.
1894년(19세)	3월, 1년 지원병 자격을 얻어 김나지움 '카타리노임' 실업반 중퇴. 뮌헨으로 이주, 화재보험회사의 무급 견습사원이 됨. 단편소설 『전락』을 '사회' 지에 발표. 가을에 보험회사를 그만두고 뮌헨 공과대학의 청강생이 됨.

1895년(20세) '사회' 지에 시를 발표. 7월에서 10월에 걸쳐 형 하인리히와 함께 이탈리아 여행. '20세기' 지 평론 기고.

1896년(21세) 빈(Wien) 여행. 10월, 이탈리아에서 형과 함께 로마 체류.

1897년(22세) 단편소설 『키 작은 프리데만 씨』, 『죽음』, 『어릿광대』 발표. 장편소설 『부덴브로크가(家)의 사람들』 구상. 10월, 로마에서 집필에 들어감.

1898년(23세) 단편소설 『토비아스 민더니켈』 발표. 주간지 '짐플리치씨무스' 편집에 관여.

1899년(24세) 단편소설 『옷장』, 시 「혼잣말」 발표.

1900년(25세) 5월 『부덴브로크가의 사람들』 완성. 단편소설 『무덤으로 가는 길』 발표. 10월, 1년 지원병으로 바이에른 보병 친위연대에 입대. 12월, 병역 부적격자로 제대.

1901년(26세) 5월, 이탈리아 피렌체, 베네치아 여행. 10월, 『부덴브로크가의 사람들. 한 가문의 몰락』이 두 권으로 베를린 피셔(Fischer) 출판사에서 출판됨.

1902년(27세) 단편소설 『신(神)의 칼』 발표.

1903년(28세) 단편소설 『토니오 크뢰거』, 『굶주린 사람들』, 『신동』 발표. 단편소설집 『트리스탄』 출판. 뮌헨 사교계 출입.

1904년(29세) 단편소설 『어느 행복』 발표. 카탸 프링스하임(Katja Pringsheim)과 약혼.

1905년(30세) 2월, 카탸 프링스하임과 결혼. 11월, 맏딸 에리카 태어남. 희곡 『피오렌차』, 단편소설 『고민하는 사람들』 발표.

1906년(31세) 11월, 장남 클라우스 하인리히 태어남.

1907년(32세) 『피오렌차』가 프랑크푸르트 암 마인에서 처음으로 공연됨.

1908년(33세) 겨울, 빈에서 작가 슈니츨러(Schnitzler)를, 로다운에서 작가 호프만스탈(Hoffmannsthal)을 방문함.

1909년(34세) 차남 고트프리트 태어남. 장편소설 『대공 전하(大公殿下)』 출판.

1910년(35세) 차녀 모니카 태어남. 누이 카를라(배우) 자살.

1911년(36세) 장편소설 『고등사기꾼 펠릭스 크룰의 고백』 단편(斷片) 발표.
5월에서 6월에 걸쳐 베네치아의 리드에 체재.

1912년(37세) 5월, 다보스(Davos) 요양원에 입원한 부인 문병. 『베니스의 죽
음』 출판.

1913년(38세) 『마의 산』 집필 시작.

1914년(39세) 9월, 제1차 세계대전 발발. 시평 「전시(戰時)의 생각」 발표. 단
편소설집 『신동』 출판.

1915년(40세) 역사시평 「프리드리히와 대동맹」 발표. 시평집 『비정치적 인간
의 고찰』 집필 시작.

1918년(43세) 3녀 엘리자베트 태어남. 10월, 『비정치적 인간의 고찰』 출판.

1919년(44세) 시 「어린아이의 노래」, 단편소설 『주인과 개』 발표. 3남 미햐
엘 태어남. 본(Bonn) 대학에서 명예박사 학위 받음.

1922년(47세) 형 하인리히와 화해. 평론 「괴테와 톨스토이」 발표. 『고등사기
꾼 펠릭스 크룰의 고백』(유년시대 편) 출판.

1923년(48세) 어머니 율리아 사망.

1924년(49세) 9월, 『마의 산』 완성, 11월에 출판. 런던 팬클럽에 주빈으로
초청됨.

1925년(50세) 평론 「슬라브 신비주의와 서구 라틴정신의 중간에 있는 독일
정신과 그 미래」, 「괴테의 친화력」, 「도상(途上)」, 단편소설 『무
질서와 어린 고민』 발표. 50세 생일축하연이 뮌헨에서 성대하
게 벌어지고, 피셔 출판사에서 토마스 만 전집 10권을 간행함.

1926년(51세) 카네기 재단 초청으로 파리 방문. 뤼베크시 700주년 축제에
즈음하여 「정신적 생활형식으로서의 뤼베크」라는 제목으로
강연. 시 참사회로부터 교수 칭호를 받음. 프로이센 예술아카
데미 문학 부문 회원으로 선출됨. 『파리 방문기』 출판. 『요셉
과 그의 형제들』 집필 시작.

1927년(52세) 팬클럽 초청으로 바르샤바 방문. 에리카와 클라우스, 세계일주
여행 떠남. 은행가 남편과 사별한 누이 율리아 자살.

1928년(53세) '문학계' 지를 통해 우익 및 나치스와 지상 논쟁. 정치평론 「문
화와 사회주의」 발표.

1929년(54세) 평론 「레싱론(論)」, 「근대정신사에 있어서의 프로이트의 위치」,
단편소설 『어느 비극적인 여행의 체험』(뒤에 『마리오와 마술
사』로 개제) 발표. 노벨문학상 수상. 노벨상 심사에 결정적인
영향력을 행사했던 스톡홀름의 문학교수가 『마의 산』에 부정
적인 평가를 내렸기 때문에, 증서에는 『부덴브로크가의 사람
들』이 강조됨. "토마스만, 세월이 지남에 따라 현대의 고전으
로 더욱 부동의 성과를 거둔 위대한 소설 『부덴브로크가의 사
람들』에 대해 노벨상을 수여함. 1929년 노벨문학상 수상자"

1930년(55세) 1월부터 4월까지, 이집트 여행. 평론집 『시대의 요구』 출판.
시평 「이성에 호소함」을 강연하여 독일 시민계급에게 사회민
주당과 손을 잡고 나치스에 대항할 것을 호소함. 『마리오와
마술사』가 이탈리아에서 금서가 됨.

1931년(56세) 제네바 '문학예술 상임위원회' 참석. P. 발레리, G. 마리어, B.
바르토크, 마다리아가 등이 함께함.

1932년(57세) 괴테 100주기 기념제에 즈음하여 베를린에서 「시민시대의 대표
자로서의 괴테의 생애」라는 제목으로 강연. 괴테를 기념하여 프
랑크푸르트 암 마인에서 열린 '문학예술 상임위원회'에서 「괴
테와 작가의 사명」, 「괴테와 독일」이라는 제목으로 강연.

1933년(58세) 1월, 히틀러 집권. 형 하인리히 만 독일 떠남. 2월, 바그너 50
주기를 기념하여 「리햐르트 바그너의 고뇌와 위대함」이라는
제목으로 강연. 암스테르담, 브뤼셀, 파리로 강연여행. 험악해
진 국내정세로 귀국을 못함. 4월, 바그너 강연이 반대에 부딪
혀 스위스와 프랑스를 거쳐 가을에 취리히 호수가의 퀴스나흐

트에 정착. 『요셉과 그의 형제들』 제1권 『야곱 이야기』 출판.

1934년(59세) 『요셉과 그의 형제들』 제2권 『젊은 요셉』 출판. 여름, 미국 방문. 『돈 키호테와 함께 바다를 건너다』 발표.

1935년(60세) 평론집 『거장들의 고뇌와 위대함』 출판. 여름에 도미, 아인슈타인과 함께 하버드 대학에서 명예박사학위 받음. 루스벨트 대통령 부처의 사적인 초대를 받음. 정치시평 『유럽에 경고한다』(프랑스어. 독일어본은 1938년에 나옴)로 전투적인 휴머니즘 옹호.

1936년(61세) 프로이트 탄생 80주년 기념으로 빈에서 「지그문트 프로이트와 미래」라는 제목으로 강연. 『요셉과 그의 형제들』 제3권 『이집트의 요셉』 출판. 12월, 재산몰수, 독일국적 박탈당함. 본 대학으로부터 명예박사 학위 철회 통고.

1937년(62세) '새 취리히 신문'(1월 24일자)에 본 대학과의 '왕복 서한' 게재. 4월에 도미, 9월에 격월간지 '척도와 가치' 간행(1939년까지), 자유로운 독일문화 옹호. '독일 저작가보호연맹' 명예회장에 취임.

1938년(63세) 2월에 도미, 「오고 있는 민주주의의 승리에 대하여」로 미국 15개 도시 순회강연. 7월, 퀴스나흐트로 돌아감. 9월, 미국으로 이주, 프린스턴 대학 인문학 객원교수로 프린스턴에 정착. 스톡홀름 판 토마스 만 전집 간행 시작.

1939년(64세) 「평화의 문제」로 미국 각 도시로 강연여행. 프린스턴 대학에서 명예박사학위 수여. 장편소설 『마이마르의 롯데』 출판.

1940년(65세) 「자유의 문제」로 미국 중서부와 남부 각 도시 순회강연. 대학에서 「19/20세기 독일문학」, 「자작(自作)에 대하여」를 강의하고 교수활동 종료. 이 해 10월부터 1945년 5월까지 BBC 방송을 통해 매월 대독 정기방송(「독일 청취자들에게 고함!」). 단편소설 『바뀌어 붙여진 머리』 발표.

1941년(66세) 「전쟁과 미래」라는 제목으로 미국 서부 강연여행. 4월, 캘리포
니아 퍼시픽 팰리세이즈로 이사.

1942년(67세) 대독 방송을 정리한 『독일 청취자들에게 고함!』과 정치평론집
『시대의 요구』 출판.

1943년(68세) 『요셉과 그의 형제들』 제4권 『부양자 요셉』 완성, 12월 출판.
모세의 십계명을 중심으로 이상적인 지도자상을 다룬 단편소설
『계율』 발표. 5월 5일, 장편소설 『파우스트 박사』 집필 시작.

1944년(69세) 미국 시민권 얻음.

1945년(70세) 5월, 독일 항복. 워싱턴 미 의회도서관에서 「독일과 독일인」이
라는 제목으로 강연. 70회 생일을 기념하여 스톡홀름의 피셔출
판사가 '새 전망' 지 창간호를 토마스 만 특집으로 꾸밈. 『독일
청취자들에게 고함!』 증보판(55회분 방송원고 수록), 평론집 『정
신의 귀족들』, 『단편소설집』 간행. 4월, 폐 농창 수술 받음.

1947년(72세) 1월 29일, 『파우스트 박사. 한 친구가 이야기하는 독일 작곡가
아드리안 레버퀸의 생애』 완성, 10월에 출판. 4월부터 9월까지
유럽 여행. 5월, 런던 대학 및 취리히의 팬클럽에서 「우리들의
경험으로 본 니체」라는 제목으로 강연.

1948년(73세) 이중의 근친상간을 속죄하여 교황으로 은총을 받는 '선택된
사람'의 이야기인 장편소설 『선택된 사람』 집필 시작. 미국이
유대인의 팔레스티나에서의 국가건설에 대한 찬성을 철회한
데 항의하는 논문 「1938년의 망령」 발표. 『요셉과 그의 형제
들』 4부작 미국판에 자전적 서문 「16년」을 붙임. 평론 『새 시
론집(試論集)』 간행.

1949년(74세) '소설의 소설'을 부제로 한 「파우스트 박사의 성립」 발표. 4월,
동생 빅토르가 뮌헨에서 사망. 5월, 런던에서 「괴테와 민주주
의」라는 제목으로 강연. 옥스포드 대학에서 명예박사 학위 받
음. 스웨덴과 덴마크 여행 중 장남 클라우스가 칸느에서 자살

한 것을 알게 됨. 7월, 망명 17년 만에 독일 방문, (서독) 프랑
크푸르트 암 마인의 파울 교회와 (동독) 바이마르의 '독일국립
극장'에서 「괴테 탄생 200주년을 기념하여」라는 제목으로 강
연 후 미국에 돌아옴. 「독일여행기」 발표.

1950년(75세) 3월, 형 하인리히 만이 캘리포니아 산타모니카에서 사망. 5월,
시카고 대학과 스웨덴 및 프랑스 소르본 대학에서 「나의 시대」
라는 제목으로 강연. 10월, 『선택된 사람』 완성.

1951년(76세) 『선택된 사람』 출판.

1952년(77세) 유럽에의 향수와 미국 공화당 내 매카시즘에 대한 혐오로 유
럽으로의 이주 결심. 7월에 스위스 취리히로 향함. 잘츠부르
크, 베니스, 빈에서 「예술가와 사회」라는 제목으로 강연.

1953년(78세) 단편소설 『속은 여자』, 평론 『신고론집(新古論集)』 간행. 4월,
로마에서 교황 피오 12세 알현. 1895년에 형과 함께 여름을 보
냈었던 이탈리아 팔레스트리나 방문, 6월, 1931년 이래 처음으
로 고향 뤼베크 방문.

1954년(79세) 1월, 취리히 호반의 키르히베르크에 저택 마련. 장편소설 『고
등사기꾼 펠릭스 크룰의 고백. 회고록 제1부』 출판, "이 세상
에 조금이나마 높은 수준의 웃음을 가져다 주고자"(토마스 만)
했던 작가의 마지막 작품. 평론 『체홉 시론』 발표.

1955년(80세) 5월, 프리드리히 쉴러 150주기를 기념하여 서독 슈투트가르트
와 동독 바이마르에서 「쉴러 시론」으로 특별 강연, 세계평화
와 독일통일을 염원함. 돌아오는 길에 뤼베크에서 명예시민
칭호 받음. 6월 6일, 80세 생일 기념으로 베를린 아우프바우
(Aufbau) 출판사에서 12권짜리 『토마스 만 전집』 증정. 심장 관
상동맥 혈전증으로 8월 12일 밤 8시 취리히 병원에서 사망. 나
흘 뒤인 16일 키르히베르크의 묘지에 묻힘.

저자 **이덕형**__ 경북대학교 인문대학 독어독문학과 교수

저자의 독일문학 탐구 이력은 크게 문학사회학적인 궤적을 따라가다가 점차 그것을 벗어나 인문학의 근본으로 돌아오는 중이라고 요약할 수 있다. 대략 90년대 중반까지는 독일 교양소설의 사회사적 탐구에 몰두했었고, 90년대 후반부터는 통일 후 옛 동·서독의 화해와 통합 문제를 둘러싸고 치열하게 전개된 통일독일 문학/지식인 논쟁들을 다각도로 추적하였다. 그 결과 전자는 『교양소설의 순응논리』(1994, 학위논문)와 『독일 교양소설의 허위의식』(1996, 역서) 등으로, 후자는 『통일독일 문학논쟁』(2004, 역서)과 『독일, 통일 이후가 문제였다』(2007, 저서) 등으로 연구의 결실을 맺은 바 있다. 근래 들어 저자는 인문학 고전을 전면적으로 또 체계적으로 (다시) 읽어야 함을 통감하는 한편, 젊은 대학생들에게 인문학 고전 100권을 읽히는 가칭 '독서백편운동'의 가능성을 본격 타진해야겠다는 생각이다. 책 읽기에 관한 이런 생각이 저자로 하여금 이 책을 쓰게 하였다.

주요 연구실적으로는 위에 적은 제(역)서 이외에 독일 교양소설 및 통일독일 문학/지식인 논쟁에 관한 학술논문이 여러 편 있다.

경북대 인문교양총서 ❷

오직 하나의 독일을-화해와 통합의 작가 토마스 만

초판 인쇄 2011년 2월 21일
초판 발행 2011년 2월 28일

지은이 이덕형
펴낸이 이대현
편 집 권분옥 이소희 박선주
디자인 이홍주
마케팅 문택주 안현진

펴낸곳 도서출판 역락
주 소 서울시 서초구 반포4동 577-25 문창빌딩 2층
전 화 02-3409-2060(편집), 2058(마케팅)
팩 스 02-3409-2059
등 록 1999년 4월 19일 제303-2002-000014호
전자우편 youkrack@hanmail.net

값 9,000원
ISBN 978-89-5556-898-1 04850
　　　978-89-5556-896-7 세트

저자 **이덕형**__ 경북대학교 인문대학 독어독문학과 교수

저자의 독일문학 탐구 이력은 크게 문학사회학적인 궤적을 따라가다가 점차 그것을 벗어나 인문학의 근본으로 돌아오는 중이라고 요약할 수 있다. 대략 90년대 중반까지는 독일 교양소설의 사회사적 탐구에 몰두했었고, 90년대 후반부터는 통일 후 옛 동·서독의 화해와 통합 문제를 둘러싸고 치열하게 전개된 통일독일 문학/지식인 논쟁들을 다각도로 추적하였다. 그 결과 전자는 『교양소설의 순응논리』(1994, 학위논문)와 『독일 교양소설의 허위의식』(1996, 역서) 등으로, 후자는 『통일독일 문학논쟁』(2004, 역서)과 『독일, 통일 이후가 문제였다』(2007, 저서) 등으로 연구의 결실을 맺은 바 있다. 근래 들어 저자는 인문학 고전을 전면적으로 또 체계적으로 (다시) 읽어야 함을 통감하는 한편, 젊은 대학생들에게 인문학 고전 100권을 읽히는 가칭 '독서백편운동'의 가능성을 본격 타진해야겠다는 생각이다. 책 읽기에 관한 이런 생각이 저자로 하여금 이 책을 쓰게 하였다.

주요 연구실적으로는 위에 적은 저(역)서 이외에 독일 교양소설 및 통일독일 문학/지식인 논쟁에 관한 학술논문이 여러 편 있다.

경북대 인문교양총서 ❷

오직 하나의 독일을—화해와 통합의 작가 토마스 만

초판 인쇄 2011년 2월 21일
초판 발행 2011년 2월 28일

지은이 이덕형
펴낸이 이대현
편 집 권분옥 이소희 박선주
디자인 이홍주
마케팅 문택주 안현진

펴낸곳 도서출판 역락
주 소 서울시 서초구 반포4동 577-25 문창빌딩 2층
전 화 02-3409-2060(편집), 2058(마케팅)
팩 스 02-3409-2059
등 록 1999년 4월 19일 제303-2002-000014호
전자우편 youkrack@hanmail.net

값 9,000원
ISBN 978-89-5556-898-1 04850
　　　978-89-5556-896-7 세트